天命之軌

驅邪、改運、算命與未來的神秘之門

星巴克的博客 著

目錄

III 算命

目錄

IV 揭示未來（神通）

V 開運十法，快速改運

推薦序1

納迪葉，對我來說，在2023年之前是完全沒有聽過的東西。直到2023年5月，我在潘紹聰的《恐怖在線》節目中聽到聽眾首次分享，他們表示這是一種神奇的樹葉。據說在古印度，有一些被認為只比神稍遜一籌的聖哲，他們能夠輕易地知道每個人的現在和未來的一生，並將這些都寫在納迪葉上。聽眾當時只提供了一個指紋，就能準確地說出她的父母和自己的姓名。

雖然我對玄學有極大的興趣，但我也是一個深度的懷疑論者。在接觸納迪葉之前，我接觸過許多不同的玄學派別，包括紫微斗數、扶乩、元神宮、阿卡西、奇門遁甲、動物傳心等等。其中大部分都難以驗證其準確性和有效性，唯一讓我稍微信服的只有蘇民峰師傅的寒熱算命和八字計分法（通過量化一些八字要素得出一個具體分數，分數的高低能反映八字所有人的生活水平）。蘇民峰的這一套，雖然大運流年比較籠統，不能說出具體的事件，但它是我接觸過的能夠驗證且準確度較高的算命方法。

對納迪葉充滿了極大的興趣，我立刻預約了在網上搜索到的第一家，位於內地成都的納迪葉解讀機構。經過初步咨詢，解讀全篇20章需要接近3萬人民幣，費用包括了尋葉、兩位翻譯以及前期和後續的服務費。之前聽過朋友分享，在台灣的機構，一個章節都需要3000港幣，因此30000元20章感覺還可以接受，算是為自己的好奇心付出的代價吧。

付款之後提供指紋，機構在大約十天後表示葉子已經找到，並約定在數天之後開始解讀。由於簽證問題，現階段的解讀只能通過線上進行。在解讀當天，機構會先引導你進行一系列有儀式感的宗教行為，包括沐浴更衣祈禱等，完成之後就開始尋葉。

根據程序，由於指紋只是找到大類，尋葉者需要回答一些「是或否」的問題

以定位到自己的葉子。問題大約是「你是家庭中唯一的兒子」、「你從事的是文化行業」、「你的出生日期是11月或12月」等等。經過一個小時的詢問，我終於在第三捆找到屬於我的葉子。然後印度師傅把我的過去種種，包括出生年月日、家庭工作情況、大學專業甚至我兒子讀幾年級都100%準確無誤地說出來了，當然還有父母、妻子和我的名字。

先說說尋葉過程的感受。聽到這些信息當下我覺得非常震撼，但是由於我是全程錄音的關係，在我重聽印度解讀師問的問題之後，發現大部分信息，其實都是可以在「是或否」的環節推出來。例如師傅問過「您是做文化產業」、「是」、「您有兄弟姐妹」、「否」等等。然後我再用最極端的猜測，現代社會，一個指紋如果有方法，估計父母名字也可以查得到。當下我有點失望，感覺又是一個收集大數據的騙局。

話雖如此，在總結到最後的時候，發現了有一些他說出來的東西，是沒有在「是或否」問過的。其中一個，就是我自己在數年前暗地裡做了一筆比較大的投資，這個投資連家人都不知道，但是葉子卻能說出來，這是當時唯一能夠支撐我繼續相信納迪葉的。

找到自己葉子之後，就開始「解讀」環節。解讀師會將你未來發生的事，以一到兩年為時間單位，事無巨細地告訴你。包括財富、健康、婚姻、家庭狀況，甚至告訴我我將會在哪一年會有多一個小朋友，性別將會是一個女孩。很多人會更加關心未來是否準確，我先分享一下我另一位朋友的經歷，葉子把他未來太太的特徵告訴了他，包括身高、外貌、教育程度、年齡、臉部特徵、工作形態、遇見的場合，財富狀況，家庭情況、名字包括的拼音等，而他現在已經遇到和形容一樣的女孩，尚在戀愛當中並且有結婚的打算。

而我在寫這篇序言的時候，看了葉子剛剛滿一年。分享給大家幾個葉子當時對這一年的描述，首先是來自我太太的葉子「說」：

「這個階段在您丈夫他自己的工作事業上面也會遇到一個比較好的一個變化，也就是說在工作上面，他會獲得升職加薪，這個階段您丈夫在他和文化藝術相關的這個工作當中能夠有一個好的發展會獲得比較好的人緣，就是結識到一些新的朋友，通過這些好的人緣，好的朋友，您丈夫會獲得就是自己期待的那些機會」。

其實我已經沒有從事授薪工作超過十年時間，這十年基本上都是自由職業者，當時聽完這個有些一頭霧水，但是實際上我在看完葉子大約3個月之後，就認識了一位藝人，然後得到這位藝人的賞識，很快就得到自己在相關行業夢寐以求的工作，在我拒絕full time工作的要求之後，仍然得到一份固定的收入。

我的葉子說」：

「這個階段也非常適合您進行一些長途的旅行。比如說去國外旅行這個階段」

疫情後確實有報復性去了幾次國外旅行。

「儘管這個階段對您來說是不錯的，但是您父親這方面需要有一些醫療花銷，這個階段您和您母親的關係會是非常好的。然後母親的健康也是比較好的」

爸爸因爲身體問題確實需要醫療費用支出，同時母親的健康也是比較好的。

第一年的預測雖然不像我朋友未來太太的描述那樣，是一些很具體的事項，但是也可以說是准確無誤，比我試過的一切玄學法科術數更加準確。

納迪葉除了會說出尋業者的過去未來，還能夠告訴影響尋業者最厲害的那一世的業力，還有下一輩子的去向。並表示業力會影響這一輩子，導致一些不好的事情發生，葉子會建議做一些功德拜訪寺廟還有可以付錢，做火供儀式消減業力。

有很多人質疑納迪葉來源的說法，有些說是占卜，有些說是占星。而對於我來說，是眞的有聖哲提早把我的一生在數千年前寫在葉子也好，還是眞的有一套超級準確的占星也好，其實只要能準確預測未來，我都收貨。

由於小弟不止試過成都一家，還試過台灣一些機構，最後提醒各位，因爲利益驅使，市面上有不少騙子中介，在解讀過程中販賣焦慮，引導尋葉者付款進行儀式消減業力，如果有意尋葉的朋友最好做一下功課，找口碑好的機構，相信這會是一段能讓您有驚喜的旅程。

著名電台主持
謝拉

電郵：tselai1013@yahoo.com.hk

筆者按：謝拉對納迪葉有深入研究，讀者可電郵聯繫他作有關諮詢。

推薦序2

孩童時期常常聽到老人家講一句話，一命二運三風水四積陰德五讀書。長輩常會嘮嘮叨叨地叮嚀小朋友要讀好書。因爲用功讀書方可出人頭地。但佢地唔會去解釋頭四項要點。直到中學時期，接觸到一本漫畫叫相神。這句名言又重現眼前。故事中有詳細講解頭四項要點。但我都只是當睇漫畫，看完便算。

直到留學英國畢業回港，面對職場上的人和事，處處碰壁。事事不盡人意。感情及人際關係都控制不來。曾試過睇相去尋求答案。相士只道出我自身命格與成功無緣，孤獨終老，錢來錢去。生命也很短暫。年少時只當是聽說書故事，全不放在心頭。達至行年四十，一事無成。此時才四出尋找良方，欲圖改善下半生。

因緣際會，上網台看了元辰宮話題節目。走去請師父代觀元辰宮。一看之下，發現宮中有一女靈體。身穿小鳳仙裝，手持黑籏令。師父口未完，我已知所謂何事。皆因前世是十二少。常駐青樓尋歡作樂。與如花許下娶妻諾言，但遭家長反對。悔婚後女方含恨而終。前世因，今世債。幸得濟公爺爺在夢中點化，超度女幽靈投身佛處。時機成熟再投胎當我女兒，以補償前世情債。

靈魂投胎去找現世父母，長在帝王之家或尋常家庭，無可選擇，這是命。但人可以選擇在那裏工作，從事那項職業。選擇居住環境，清潔好家居令自己風水轉好。多行善業及多讀聖賢書，這幾項是可以操控在自己手中。

作者因看過我寫的專欄，了解到如何化解冤親債主，改善自身的運程。作者出版這本實體書，用意是獻給一些迷途羔羊。如何妥善地處理各種命理上的難題。希望讀者能切切實實，知天知命。做過開心快樂人。

原少風

2024年5月23日晚上十一時

==

原少風網頁　https://chieformula.com/

解冤咒　https://blog.ulifestyle.com.hk/article/post/4210237

遊陵驚夢之地獄判官筆失竊案　　https://www.mirrorfiction.com/zh-Hant/book/10922

筆者按：原少風是香港拜神KOL，詳可觀看他的網頁。

自序

　　本書的寫作初衷，是為了讓大眾擺脫迷信的枷鎖。我們的國家自古以來就存在著大量的迷信者，例如在聖水的問題上，1921年10月21日，《晨報》曾報導過北京宣武門內東斜街的一位老翁，他寧願飲用所謂的聖水，也不願服用醫生開的藥，結果小病不治，演變成了大病。翌年6月24日，《京報》又報導了北京崇文門下花市下二條的一位市民，他誤以為飲用聖水可以治病，結果病情加重，最終病逝。1930年10月1日，《盛京時報》報導了一位迷信者，他誤信師傅說有冤親債主要還，結果帶著一大筆現金去找師傅，途中卻被人打劫。1926年，《時事新報(上海)》報導了有人為了發財，不惜要到陰間借錢，即使他知道後果是絕子絕孫。現在的人更加狠毒，包括使用西洋黑魔法、泰國古曼童等，只為了發財。

　　本書的目的是要用科學的角度來論證玄學。當你翻閱本書時，你會發現無論是中國的八字、紫微算命，還是西方的魔法、塔羅牌，印度的占星和泰國的養鬼仔等，都有科學的證據來驗證其真偽。例如，選擇吉日開張是否會讓生意更好？實際上，有學者已經透過統計數據，比較了在吉日開張與非吉日開張的同一行業的業績，詳見 3.3章節六壬神數：陰陽五行的高深命理卜算 。另一個例子是，西洋的黑魔法是否真的存在？原來，已經有多個國家的律師團隊在法庭上使用黑魔法，並有科學實證，詳見 2.10章節「黑魔法詛咒：邪惡力量操控法庭」。再舉一個例子，一個人是否有前世？本書提供了一種方法，讓你在家中自己免費回溯前世，而不需要付錢去找前世催眠治療師，詳見4.6章節前世今生：免費全球第一大師帶你。

還有很多人問算命是否準確，能否算出你家人的名字，你現任或未來配偶的名字等等。其實，這不只是我一個人試過的，「鬼王潘」在網上也表示試過，詳見5.5章節「婚姻宮位：愛情中的星座智慧」。

　　迷信不靠譜，科學實證最夠力！

第一章

驅邪

1.1.
道教秘傳：淨化符咒的神奇力量

　　道教，這種源於中國的宗教和哲學體系，擁有深厚的歷史和文化底蘊。在其豐富的教義中，有一個重要的部分就是符咒的使用。特別是淨化符咒，被認爲具有神奇的力量，可以驅除邪氣，淨化身心，帶來和諧與平安。

淨化符咒的起源與使用

　　淨化符咒的起源可以追溯到古代，當時的人們認爲宇宙中存在著各種看不見的力量。他們創造了符咒，作爲與這些力量溝通的工具。這些符咒通常由神秘的圖案和文字組成，每一個符號都有其特殊的含義和力量。在道教中，淨化符咒被認爲是一種強大的防護工具。它可以驅除邪氣，消除疾病，並保護人們免受負面能量的影響。這種符咒通常由道士在特定的儀式中創造，並在需要的時候使用。淨化符咒的使用方法也很特殊。首先，道士會在紙上寫下符咒，然後在特定的時間，如午夜或黎明，進行儀式，將符咒點燃。隨著符咒的燃燒，其內含的力量被釋放出來，產生淨化的效果。

常見的道教符咒

- 三勾符號：這是一種常見的符號，代表三清（道德天尊、元始天尊、靈寶天尊）或三界公（城隍，土地，祖師）。在書寫符咒時，需要默唸咒語：「一筆天下動；二筆祖師劍；三筆凶神惡煞去千里外。」
- 敕令符號：這是另一種常見的符號，可以作爲符頭。如果沒有三清符號，需要念咒語「天圓地方，律令九章，吾今下筆，萬鬼伏藏」。
- 五鬼運財符：這是一種用於招財的符咒，代表東西南北中五方生財鬼。
- 行持中書符：這是一種在行持中使用的符咒，包括《書符咒》、《發符咒》、《召將咒》、《開印咒》、《上香咒》、《步罡咒》等。

符咒驅邪治病的科學考證

有關符咒驅邪治病的功效，蓋非虛妄之語，實有科學考證爲佐證。

- 在隋唐時期，著名中醫師孫思邈已經認識到符咒的治療效果，並理解到「醫者意也」的重要性，但對於符咒背後所蘊含的深層含義，他仍然有所模糊。隨著醫學的進步，心理對生理的影響已經得到了廣泛的關注和認可。
- 《內經》中與符咒相關的章節，並未涉及迷信內容，反而強調了治療的精確性和不迷惑的使用原則。明代傑出醫學家張景岳在《類經》中對符咒進行了深刻的分析，指出人的七情（喜、怒、憂、思、悲、恐、驚）生於好惡，情緒的偏執會導致氣血失調，從而引發疾病。
- 《本草綱目》提到的各種紙張的醫用價值，如楮紙、竹紙、滕紙等，都有止血、解毒等功效。金英教使用的符紙，無論是青符還是黃符，其製作原料本身就具有清熱解毒的藥用價值。例如，青符使用竹葉染色，竹葉本身就有對抗煩熱、風疹等症狀的作用；黃符則使用黃薑染色，黃薑具有活血化瘀、通經止痛的功效。
- 朱砂（丹砂）在《新修本草》中被記載爲能「主身體五臟百病，養精神、安魂魄、益氣明目、通血脈、止煩滿、消渴」。墨汁則有止血和消腫的功能，並能治療吐血、衄血等症狀。
- 清代溫病學家吳鞠通運用祝由一法時說：「吾謂凡治內傷者，必先祝

由，詳告以病人之所由，使病人知之，而不敢再犯，又必細體變風變雅，曲察勞人思婦之隱情，婉言以開導之，莊言以振驚之，危言以悚懼之，必使之心悅誠服，而後可以奏效如神。」這顯示了祝由之術的淋漓盡致的發揮。

同時，外國學者一直在研究中國符咒的功效。2015年，法國學者Dr. Grégoire Espesset發表了一篇英文論文，介紹了如何使用中國的道教平安符（見下圖），並向外國人傳授了相關知識。

圖片來源：Espesset, G. (2015). A case study on the evolution of Chinese religious symbols from talismanic paraphernalia to Taoist liturgy. Bulletin of the School of Oriental and African Studies, 78(03), 493–514

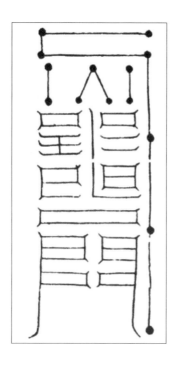

符咒在風水應用方面的科學驗證

除了醫治之外，符咒在風水應用方面亦獲得科學驗證。中國社會科學院世界宗教研究的當代宗教研究室主任陳進國於2002年在福建進行了對符咒對風水影響的研究。他發現，自我保護型的風水符咒能夠幫助風水實踐者趨吉避凶，因此在民間社會道德中得到廣泛認可，並且被廣泛應用。然而，也存在著排他型或破壞型的風水符咒，例如崩脈符，用於破壞龍脈。在台灣和香港，破壞型的風水符咒已寥寥可見，讀者無須費心尋覓。

澳門道教師傅驅鬼的實錄分享

在此，我要分享一個澳門道教師傅驅鬼的實錄。為了保障私隱，以下的內容都使用化名。

故事的主角是「亞蚊」，她從小到大都有陰陽耳，能夠聽到陰靈的聲音。三年前，她和家人幸運地入伙位於德善街的公屋。雖然他們沒有向四角拜過，但每天都聽到許多鬼在家中閒談。晚上，他們被鬼嘈鬧得無法入睡，除非鬼允許他們休息。

自從這些事情發生後，他們找了七位法科師父、兩位家訪師、五位神壇師父來解決問題，其中包括來自香港和澳門的師父，收費爲3800元至6800元不等。儘管家中貼滿了各種符咒，如平安符和鎮宅符，但鬼仍然在家中活動。爲了救命，他們向法科師父借錢，希望可以化解問題。雖然這使得亞蚊的丈夫負債，但他愛他的妻子，所以不得不這麼做。

當我進入屋子時，我感到頭重腳輕，起雞皮，於是巡視了整個房子。我發現求助者、女兒和丈夫全都中了陰靈的獎，身上都有陰靈。我分別爲他們開法水飲用，封住身體，再洗沖三天，便可解決問題！家中的靈體原來是「地基鬼」，他們早期生活在原址，死後也葬在那裡。由於後期遷拆起高樓，他們沒有地方可以安置，所以來到這個房子，住了下來，不肯走(無屋無錢無水腳)。因此我替他們代買了一間屋子、一條金銀、三張路票、溪錢、幽衣、七言咒、放生錢等等。接著，我使用木聖杯，請屋內的「地基鬼」講數，希望可以通過屋子和金錢來送他們離開，但連續出現兩個陰杯，他們似乎完全不理我！

我與鬼們進行了多次對話後，最終由師公提出了一個方案，鬼們也接受了。亞蚊需要抄寫108遍心經，每抄一次就要迴向一次，等到抄夠108次後，再到觀音廟火化，我做一次大迴向，希望能讓鬼們和所有衆生都能擺脫苦難。觀音娘娘也到場爲我們見證，三方都同意了這個方案。最後，我問師公是否可以結束這個儀式，結果出現了「勝杯」，讓我們非常高興。

網絡上的符咒教學與其靈驗性

在網絡上，許多社交網站和群組提供了有關寫符的教學。然而，如何判斷符咒的靈驗性則是一個難以解答的問題。長沙理工大學馬克思主義學院哲學系的二級教授陸群於2019年撰寫了一篇名爲《清代苗族巴岱手抄符本中的鬼符釋義》的科學學術文獻。該文詳細介紹了如何撰寫能夠產生靈驗效果的符咒。讀者可以在網絡上尋找這篇文章，作爲參考之用。

讀者的求助與筆者的回應

對於本書的讀者，如果您懷疑自己身上帶有陰氣，請附上本書單據，並將其電郵給筆者。筆者可以爲您介紹免費的道教師傅進行診症，並絕不收取任何費用。

筆者補充：地基鬼，又稱爲地基主，是中國民間信仰中的一種神靈。他們通常被認爲是居住或守護在特定土地或建築物上的亡魂。

編者提示：關於心經迴向的方法，讀者可以參考下篇的1.2章節，題爲「佛教護身：心經與禪修的超脫之道」。在該章節中，我們將詳細介紹心經的迴向方法。希望對您有所幫助。

1.2.
佛教護身：心經的超脫之道

　　在眾多的宗教信仰中，驅魔的概念並不僅僅存在於天主教、基督教或道教。在佛教中，我們也可以找到所謂的驅魔。在佛教的觀念裡，魔可以分為兩種，一種是心魔，另一種則是外魔。心魔是由個人內在的五毒妄想和諸煩惱所引起的，而外魔則是外來的邪魔靈體。這些邪魔靈體與佛道相悖，他們的存在就是為了阻礙學佛之人的修行。這也是學佛的人可能會遭遇到的考驗，就像楞嚴經中的阿難一樣。通常來說，外魔和心魔是互通有無的，如果按照佛陀在楞嚴經中開示的觀點「相由心生」來看。

佛教對鬼魔的認知

法鼓山創辦人聖嚴法師認為，一個眞正的佛教徒是相信有鬼有魔的，因爲佛教所述的六道衆生包括天、人、阿修羅、地獄、餓鬼和畜生。在《藥師經》中，佛陀至少有三次提到持藥師琉璃光佛的名號，這個人無法被邪魔惡靈奪走他的精氣。由此可知，「邪魔惡靈會奪人的精氣」。所以，當人遭遇邪魔惡靈侵擾時，他們通常會表現出「面容憔悴、黯淡無光澤、沒有精神、突然常有自殺的念頭、莫名的虛弱」。

六道衆生與邪靈

雖然衆生分散在六道，但他們之間又會相互影響。所以，在人間，我們自然會有一些與其他道的衆生接觸的機會。有些邪靈可能是由不同道的衆生演化而來，並不一定只是從人演變而來。例如，他們可能是從動物的靈轉變而來，或者從植物。靈也有可能附生在植物上，或者靈也可能附生在某些特定的地點或場所(特別是陰暗的地方)。這是根據《普賢行願品》中普賢菩薩的開示「言恆順衆生者，謂盡法界、虛空界，十方刹海所有衆生，種種差別。所謂卵生、胎生、濕生、化生；或有依於地、水、火、風而生住者；或有依空及諸卉木而生住者。」也就是說，佛教徒尊重所有生命都有靈性的說法。

邪靈與惡業

邪靈和鬼靈通常會造作惡業，否則他們怎麼會被稱爲邪靈呢？佛法所說的惡業包括內心的五毒(貪嗔痴慢疑)，以及爲了自身的利益不惜傷害其他衆生，所以他們造惡業就成爲了邪靈。既然邪靈和惡靈有傷害衆生的行爲，那麼其他衆生在尋求佛法的幫助時，佛菩薩自然會護佑衆生，使他們不受傷害。聖嚴法師開示，持誦佛教經典具有超渡惡道衆生的功效，以及安穩內心的功能，所以一舉兩得。另外，聖嚴法師也開示「不要害怕，也不用去想，專心持誦經典、佛菩薩的名號、或持咒。」

修行的重要性

慈濟基金會創辦人證嚴法師也開示「守好自己的心，建立正確的信念和正

念，並要發大願。有正確的信念、願望和行為，邪魔不侵。」「修行路上，會予人擾亂、磨難的，稱為『魔』。發心走入人群度眾，卻被種種境界困住、阻礙向前，就是入魔境。」佛陀在菩提樹下證悟成佛前，有無數魔境現前，上人指出，那其實是「心魔」。「欲入群度眾前，自心的煩惱必須一一克服，才能安住在信、願、行中，不致走入邪魔境界。」所以，從聖嚴法師及證嚴法師等大德法師的開示明白一個重點「心為首要」，接著才是用方法，那麼要用什麼方法呢？

心經：追求超脫的工具

佛教是一種追求內心和平與超脫的宗教。其中，心經與禪修是佛教徒追求超脫的重要工具。心經，全名《般若波羅蜜多心經》，是佛教經典中的精華，簡短而深奧。它揭示了一切事物的真實面貌——空性，幫助我們看透生命的煩惱與掛礙，達到內心的寧靜與超脫。讀誦心經，不僅可以淨化我們的心靈，還可以作為一種護身符，保護我們遠離內外的困擾。心經的每一句話都充滿了智慧與力量，讓我們在面對生活的困難時，有一種超然的力量。

心經的主要教導是「空性」，即一切事物都是相互依存，沒有固定的自性。這種理解可以幫助我們看透生活中的困擾，從而消除煩惱和邪念。在心經中，觀自在菩薩透過深入般若波羅蜜多時，照見五蘊皆空，度一切苦厄。五蘊指的是色、受、想、行、識，這五種現象構成了我們的身心世界。當我們能夠看到這些現象的空性，就能夠超越對它們的執著，從而消除內心的痛苦和困擾。

此外，心經中的「色不異空，空不異色，色即是空，空即是色」，這句話說明了一切現象的真實性質。色即物質，空即無我。當我們能夠看到物質世界的無我性，就能夠超越對物質的執著，從而消除內心的邪念。因此，心經可以驅邪，主要是通過其深邃的哲理，幫助我們看透生活的真相，超越內心的痛苦和困擾。念誦心經，就是在不斷地提醒我們這些真理，幫助我們清淨心靈，驅除邪念。

《心經》近年來在國際間備受矚目，尤其是在外國人士中引起了極大的迴響。日本知名學府Sophia University的英語系教授Joseph S O'Leary於2008年進行的研究發現，許多基督徒在細讀心經後，都能對「空」這一概念有所領悟，從而獲得內心的寧靜。同樣地，美國Middlebury College的榮休教授John P. Keenan在2011年將心經與聖經進行對比研究，發現兩者的教義並無矛盾，同樣能給人帶來內心的滿足感。這些研究結果無疑進一步證明了心經的深遠影響力和普世價值。

總結

總結來說，佛教的驅魔避邪方法主要是通過修行、持誦經典、持咒等方式，來克服心魔和外魔，達到身心的健康和安穩。然而，我們必須明白，雖然這些方法是免費的，但並不能立即產生效果，需要長時間的修行和實踐。只有通過不斷的修行和實踐，我們才能真正達到驅魔避邪的目的。希望這篇文章能對您有所幫助，祝您修行順利，身心安穩。

1.3.

基督教庇佑：祈禱與聖經的神聖光輝

在這篇個人分享的文章中，我想談論基督教驅鬼的主題，並從耶穌基督的生活中找到一些例子。我將會重點分享我的親身經歷，而不僅僅是介紹驅鬼方法。

聖經中的驅鬼例子

馬可福音1章23-27節是耶穌趕鬼的一個例子。在這裡，我們看到邪靈都認識耶穌，耶穌則是用權柄命令邪靈出去。這與佛教和道教的驅鬼方法不同，他們通過燒香拜拜來達成交易。而耶穌則是用權柄命令鬼出去。

> **馬可福音 1:23-27**
>
> 23 在會堂裡，有一個人被污鬼附著。他喊叫說：
>
> 24 拿撒勒人耶穌，我們與你有甚麼相干？你來滅我們麼？我知道你是誰，乃是神的聖者。
>
> 25 耶穌責備他說：不要作聲！從這人身上出來罷。
>
> 26 污鬼叫那人抽了一陣瘋，大聲喊叫，就出來了。
>
> 27 眾人都驚訝，以致彼此對問說：這是甚麼事？是個新道理阿！他用權柄吩咐污鬼，連污鬼也聽從了他。

我的驅鬼經驗

有一次，我感覺自己的身體和精神狀態受到了邪靈的影響，於是我尋求了「驅鬼牧師」的幫助。在網上有很多關於他驅鬼的報導。他教導我進行自我測試，包括「人測」和「筆測」兩種方法。

在「人測」中，第一步是讀出以下句子：「我XXX以耶穌基督的名義命令，所有潛在我身體內的靈體出來，並使我的身體震動」，然後站立兩分鐘。在進行人測時，我真的感覺到身體有震動，可能是緊張的原因。

接著，牧師叫我進行筆測。筆測是要讀出以下句子：「我XXX以耶穌基督的名義命令，所有潛在我身體內的靈體出來，寫出你們的名字及數目」。筆測是要在桌面放張白紙，手拿著筆掂住白紙。筆測兩分鐘的確令我手震動，並在兩分鐘內點了三個點。我用手機拍攝整個過程，然後發給李牧師。經過這些測試，李牧師告訴我至少有三個或三組靈體潛伏在我的身上。

嘔吐：一種驅鬼方式

在基督教的驅鬼過程中，嘔吐被認為是一種有效的方法來幫助驅除邪靈。據信，邪靈和不淨物會附在人的身體內，導致身心不適。通過嘔吐，這些不淨物可以被排出體外，從而達到驅鬼的效果。嘔吐被認為是一種強烈而直接的方式來將邪靈從身體內趕出。

首先，參與者需要閱讀聖經中的特定章節。這些章節通常包含驅鬼和神的力量的相關內容，有助於參與者專注於神的力量並感受到神的保護。接下來，參與者將進行長達兩個小時的扣喉。在這個過程中，參與者可能會感到身體內的不適，並開始嘔吐。扣喉有助於將身體內的不淨物和邪靈排出，從而達到驅鬼的目的。這個過程需要每個星期日重複，以確保邪靈和不淨物完全被驅除，並讓參與者的身心得到持續的康復和平靜。

在驅鬼過程中，人們會親眼看到嘔出的物質與一般的嘔吐物不同。他們描述這些物質可能呈現出不尋常的顏色、質地或形狀，有時甚至伴有難聞的氣味。這些不同之處被認為是來自被驅除的邪靈或不淨物，它們在離開身體時可能會帶走一些人體內的物質。雖然這種現象可能讓人感到不安，但對於那些經歷過驅鬼過程的人來說，它可能是一個標誌著靈體已經被趕出的跡象。

儘管牧師認為通過嘔吐將身體內的不淨物排出是必要的，但我選擇不採用這種方式，因為我不希望嘔吐，即使這種方法是免費的。此外，這個過程也太過漫長，每個星期日都需要閱讀聖經並嘔吐約兩個小時。因此，我希望尋找其他更適合我的方法來驅除鬼魅。

聖經的指導
除了上述方法外，聖經亦有其他指導。在以弗所書6章10-18節中提到，基督徒需要穿上全副軍裝來抵擋魔鬼。這包括真理的腰帶、公義的護心鏡、和平的福音的鞋、信心的盾牌、救恩的頭盔和聖靈的寶劍，這就是神的道。

以弗所書 6:10-18

10 我還有末了的話，你們要靠著主，倚賴他的大能大力做剛強的人。

11 要穿戴神所賜的全副軍裝，就能抵擋魔鬼的詭計。

12 因我們並不是與屬血氣的爭戰，乃是與那些執政的、掌權的、管轄這幽暗世界的，以及天空屬靈氣的惡魔爭戰。

13 所以，要拿起神所賜的全副軍裝，好在磨難的日子抵擋仇敵；並且
成就了一切，還能站立得住。

14 所以要站穩了，用真理當做帶子束腰，用公義當做護心鏡遮胸，

15 又用平安的福音當做預備走路的鞋穿在腳上。

16 此外，又拿著信德當做藤牌，可以滅盡那惡者一切的火箭；

17 並戴上救恩的頭盔，拿著聖靈的寶劍，就是神的道。

18 靠著聖靈，隨時多方禱告祈求，並要在此警醒不倦，為眾聖徒祈
求；

「全副軍裝」是在《以弗所書》6章10-18節中提到的一種比喻，用來描述基督徒如何抵擋邪靈的攻擊。以下是這些軍裝的詳細節：

●真理當作帶子束腰：這是指基督徒必須以神的真理為根基，就像士兵用帶子將裝備繫緊一樣；

●公義當作護心鏡遮胸：這是指基督徒必須以公義來保護自己的心，就像士兵用護心鏡保護自己的胸部一樣；

●和平的福音當鞋穿在腳上：這是指基督徒必須以和平的福音來指引自己的道路，就像士兵穿鞋保護自己的腳並準備行動一樣；

●信心的盾牌：這是指基督徒必須以信心來抵擋邪靈的攻擊，就像士兵用盾牌來防禦敵人的攻擊一樣；

●救恩的頭盔：這是指基督徒必須以救恩來保護自己的思想，就像士兵用頭盔保護自己的頭部一樣；

●聖靈的寶劍，就是神的道：這是指基督徒必須以神的道來攻擊邪靈，就像士兵用劍來攻擊敵人一樣。

這些「軍」都是比喻，實際上是指基督徒在靈裡的裝備，用來抵擋邪靈的攻擊。如果你是一名基督徒，並且不希望採用道教的燒符方式，那麼透過祈禱和聖經的神聖光輝來驅邪，將是一種無需任何費用的方法。希望這篇文章能對你有所幫助，並祝你在靈性的旅程中一切順利。祝福你！

1.4.

從皇室陰謀到心靈治愈：咒語的轉變

在這篇文章中，我們將深入探討咒語的歷史演變，從古代的致命武器到現代的心靈治療工具。我們將揭示咒語的力量和效用，這些都已經通過無數的歷史記錄和科學驗證，證明咒語並非僅僅是迷信或虛構的產物。

咒語的黑暗面：皇室陰謀

Italian Academy 的歷史系老教授 Sabina Loriga在1983年發表了一項研究，揭露了18世紀皇室內部專門用來滅口其他皇族成員的咒語。這項研究一經公開，即在學術界引起了廣泛的爭議與批評。學者們對於這種涉及陰謀與權力鬥爭的咒語研究提出了質疑，認為這不應是學術研究的重點。從那時起，學術界便轉向研究更具建設性和正面意義的咒語，探討它們如何能夠作為精神支柱，幫助人們在心靈層面獲得治愈與成長。在University of Manchester攻讀博士學位的Benedict H. M. Kent，其學術探索試圖突破傳統

界限。在他的博士論文中，首先分析了那些陰險且邪惡的咒語，隨後又指導讀者如何運用聖經中的咒語來抵抗這些不祥之言。然而，這種跨學科的研究方法引起了學術界的連番質疑，導致他不得不多次對其論文進行修改。在當代網絡的幽暗角落，即所謂的暗網之中，依舊有著一些陰森詭譎的咒語在悄悄流傳，然而這些咒語的真實性與往昔相比已大打折扣。在這個隱秘的網絡空間，仍可偶爾窺見有人行殺生之事，於陰暗之地繪製符圈，企圖操縱這些古老的咒文，但這些咒語的效力已不復昔日，其威力之微弱，幾不足道。

咒語的現代應用：醫療與心靈治療

本篇文章將探討一系列正向且效驗顯著的咒語及其神奇功效。李憲彰於2006年深入剖析道教與佛教咒語之異同，揭示了咒語之效能源於虔誠之心，並非僅局限於某特定宗教。位於中華台北的天主教輔仁大學宗教學系的鄭志明教授，在公元2012年的研究中，並未專注於探討天主教的祈禱文，而是轉而深入道教的治病咒語。他的研究發現，這些古老的治病咒語確實具有驅除疾病的神效，尤其對於那些被視為邪氣所致的病症，更是有著立竿見影的療效。鄭教授在其研究中亦提到，那些致力於驅逐邪病的道家修行者，在施展治療之術的同時，亦能藉此機會修煉自身的氣與神，從而達到增進個人健康與靈性修為的雙重效果。

咒語的科學驗證：醫療研究

咒語於醫療領域中的應用，其實證之途徑並不複雜，科學界通過將患者分為兩組，一組聆聽咒語，另一組則不，進而觀察兩組的健康變化，以此來驗證咒語的療效。中慈濟醫院麻醉科的沈美鈴主治醫師於2015年的研究發現，念誦咒語能顯著改善心率變異度及經絡功能。同樣，在2017年，何丞斌的研究證明了咒語對於調節日夜身心節律的舒壓效果，而林瑞祥也在同年證實了咒語對於緩解壓力的正面影響。

咒語的神奇力量：大悲咒

在諸多神咒之中，大悲咒以其醫治疾病的顯赫功效而聞名於世。讀者可輕易於網絡之海中搜尋並聆賞相關視頻，以此咒文潤澤心田。陳麗君於

2009年的研究揭示，大悲咒對於末期病患的心靈療愈具有非凡的效果；而玄奘大學的芮朝義講師則於2016發現，在喪親之痛時，播放大悲咒能深切地撫慰家屬的心靈創痛。

準提咒的現代詮釋

本文將進一步闡述兩種受到廣泛討論的咒語，其中第一種為廣受網友推崇的準提咒，被譽為心念一動，萬事俱成的神咒。這絕非尋常迷信，而是源於眾多人士在虔誠許願後，誦念此咒，結果竟不謀而合地如願以償。網絡上充斥著此類驚人的分享，尤其在尋找停車位時刻，一旦吟誦準提咒，便似有神助，往往能迅速見到車輛駛離，為你騰出一席之地。中華台北國立故宮博物院的劉國威研究員於2015年提出，準提咒自元明時代起便在中國大地上廣為流傳，其因準確無誤的成效而聞名。早在1933年，台灣學者談玄便對準提咒的功效進行了深入研究。而佛光大學佛學研究中心的副主任林光明，則在1998年通過科學方法驗證了準提咒的神奇效力。

摩利支天咒的神秘力量

第二種咒語為廣受網友推崇的摩利支天咒。它在當代佛教實踐中，被視為一種能夠淨化心靈、避免小人干擾的有效工具。摩利支天菩薩以其無邊護法之力，為信眾帶來精神上的庇護與平安。法性講堂法忍法師提到，這咒語曾助日本忍者隱身遁形，而在現代職場中，亦有人相信念誦此咒能讓人避開是非，小人不再針對。雖然學術界對此尚無確切證據，但在網絡社群中，許多人都分享了他們使用摩利支天咒後，感到周遭負面影響減少的經歷。

共同研究唸咒改運

面書「唸咒改運實驗室」群組熱烈歡迎全球各地的朋友們加入我們的行列。我們的目標是深入探索咒語對命運的影響力，並期待透過集思廣益，一同揭開咒文神秘的面紗。這是一個開放的平台，無論你是學者、研究者，或者只是對咒語有著深厚感情的普通人，我們都誠摯地邀請你參與我們的討論。讓我們一起分享經驗，交流想法，共同探索咒語的奧秘。期待你的加入！

1.5.
新屋入伙必做：拜四角宜忌和須知

在保加利亞的National Archaeological Institute with Museum，學者Mario Ivanov在該國Serdica地區的考古發掘中，發現了迄今爲止學界上最早的「拜四角」習俗證據。這些來自公元一世紀的陶製香爐和香料燃燒器，均出土於私人住宅，顯示了當時家庭宗教儀式的存在。這些香爐的形式多樣，既有平底帶穿孔壁的，也有底部爲空心座的肋狀錐形碗。不同形態的香料燃燒器，如圓柱形軸、棱柱形軸，以及松果形狀，共同見證了當時宗教實踐的多樣性。這一重要發現不僅爲我們提供了私人宗教活動的直接物證，也爲研究古代宗教生活的空間分佈提供了新的視角。

拜四角的意義

在這一儀式中，人們通過拜祭四個方位的神靈，以表達對新家的祝福和對神明的虔誠。四個方位分別代表著不同的神靈和力量。東北角是青龍之位，代表著權威和正氣；東南角是朱雀之位，象徵著繁榮和昌盛；西南角是白虎之位，代表著力量和勇氣；西北角是玄武之位，象徵著安定和平衡。拜四角是將這四個方位的神靈一一祭拜，祈求他們賜予新居各種美好的寓意。

拜四角的程序

在進行拜四角儀式時，家人需要按照一定的程序和規矩，將祭品擺放在四個角落，並依次向神明獻香、叩首，以示尊敬。在儀式過程中，人們會誠懇地祈求神明保佑新居平安、吉祥、事事順利，並希望家人在新家中生活得幸福、安康。拜四角的流程如下：

- ●選擇吉日：在新屋入伙前，需要請教老一輩或請教風水先生，擇定一個吉利的日子作為入伙的日子。
- ●準備祭品：祭品通常包括糕點、水果、燒酒、香燭、金紙等。祭品要豐盛，以表示對神明的尊敬。
- ●拜四角：拜四角的程序是由東北角開始，逆時針依次拜東南角、西南角、西北角。在每個角落擺放好祭品，然後點燃香燭，主人與家人一起跪拜、叩首，祈求神明保佑。
- ●燒金紙：拜完四角後，將金紙燒掉，以示對神明的感謝。

筆者認為其實可以自行進行拜四角儀式，無需花錢請師傅，因網上有大量片段。另外，在燒金紙時，可以到屋苑附近拿個化寶桶燒便行。另外，拜四角是必須的，因為你自己可能沒有邪氣，但你不知道上一任屋主發生了什麼。舉個例子，如果前屋主曾經墜胎，或打破過神像，那嬰靈或靈體可能殘留在舊居中。此外，自己拜四角的費用不到500港元，這樣做可以讓人更安心。

拜四角的跨文化實踐

拜四角的儀式，乃是一種跨文化的信仰實踐，其蘊含的宗教意涵並非僅限於中華傳統，西方諸國亦有類似的崇拜形式。俄羅斯North-Eastern Federal University in Yakutsk的學者Anatoly N. Alekseev 於2015年在國際學術會議上，詳細闡述了Evens民族家中祭火儀式的深遠內涵。在這一傳統中，家庭會在帳篷心臟地帶設置壁爐，作為與火神溝通的神聖橋樑。每當狩獵歸來，人們會選取最肥美的semse(肉塊)作為對火神的供奉，以此

祈求庇佑和好運。他們深信，火焰的劈啪聲是火神傳遞預兆的方式，提醒人們注意潛在的危險、疾病或狩獵的不利。在淨化儀式中，火神更是扮演了至關重要的角色，人們會將迷迭香、百里香、杜鵑花等植物，以及脂肪或黃油投入火中，通過熏香來驅散陰霾，淨化人與物，確保家庭和狩獵裝備的純淨無瑕。這些儀式不僅是對火神的敬仰，也是對自然與人類和諧共處理念的實踐。

沒有拜四角的後果

在此分享一個沒有拜四角而遭受厄運的真實故事。這個故事是由某位師傅提供的，我也看過當時相關的照片。為了保障隱私，以下內容都使用化名，只有相片因為隱私問題無法公開。

某日晚上7點，天空烏雲密布，雷聲隆隆，我踏上了通往元朗豪宅的路途。街燈閃爍不定，似乎預示著即將發生的不尋常事件。當我抵達張小姐的家時，一股陰冷的氣息迎面撲來，使我不禁打了個寒顫。

張小姐坐在古色古香的沙發上，她的眼神空洞，臉色蒼白，如同失去了靈魂。家人們站在一旁，神情焦急，他們告訴我，張小姐自從那次在沙頭角坪輋的老村屋裝修後，就開始出現異常行為。她會突然停止一切活動，凝視著空無一物的角落，嘴裡喃喃自語著各種語言，有時甚至是一些古老的方言，讓人聽不懂。晚上，張小姐會準備一桌子的茶具，細心地沖泡著茶，然後端坐著，彷彿在與看不見的賓客交流。她的笑聲時而清脆，時而低沉，充滿了莫名的哀愁。這一切讓家人感到無比的恐懼，他們試圖尋求醫生的幫助，但無論是西醫還是中醫，都束手無策。

在進行儀式之前，我仔細觀察了張小姐的周圍環境，發現每個角落都擺放著古老的符咒和護身符，顯然是家人為了保護她而做的無用功。我開始了儀式，首先是燃燒著香味濃郁的符紙，煙霧繚繞中，我試圖與張小姐身上的靈體溝通。然而，當我剛要開始時，張小姐突然變得異常

興奮，她的聲音變得尖銳而有力，宣稱自己是無法被救贖的，並且那些靈體將永遠附著在她身上。

當我們進入張小姐的家中，首先進行的是一個儀式，詢問「師公」對於張小姐的情況有何指示。「師公」透露，張小姐身上附著了五個靈體，包括男性和女性。隨即，我們開始了驅鬼儀式，我拿出法扇放在桌頭，準備驅散這些靈體。然而，出乎意料的是，張小姐突然開口說話，她告訴我們不必做無用功，因為這些靈體不會離開，她已經無法得救，注定要死。

自從我開始從事這行業以來，我見過許多靈體，但從未遇到如此囂張的情況。既然靈體開口了，我就開始與它們進行談判，這是我的專長。我用各種語言，包括國語和其他外國語言，與它們交流，儘管大部分都是無關緊要的話。經過15分鐘的談判，我終於了解到了背後的原因。

原來，張小姐的家人在一年前租了沙頭角坪輋的一間老村屋進行改造裝修，但他們沒有進行傳統的拜四角儀式，也沒有通知屋主的祖先，這引起了祖先的不滿。其中一位祖先是神功弟子，手中還持有令牌。他認為張小姐霸佔了他後代的財產，因此想要報復。

在人鬼殊途的世界中，只有一個靈體有合理的理由留下，其他的都是外來者。我們嘗試通過燃燒符咒和念咒來驅散它們，並輕拍張小姐的頭和背來幫助她擺脫這些不速之客。最終，我們成功地讓四個靈體離開了，但最後一個靈體卻固執地拒絕離去。即使使用了符咒和法扇，這個靈體對張小姐心中的鬼魂也沒有任何反應，因為它堅信自己有充分的理由留下，並且手中持有令牌。

我們原本還有其他更強硬的方法可以驅鬼，這些方法足以讓任何靈

體魂飛魄散。然而，這個靈體是冤親債主，我們不能隨意對其使用暴力。在沒有其他辦法的情況下，我聯繫了總壇，並得到了祖師爺的支持，他同意在陰殿為這些靈體提供一個安息之地。最終，在祖師爺的主持下，我們在陰殿舉行了一場莊嚴的儀式。張小姐的臉上露出了久違的平靜與安詳，靈體們也接受了我們的安排，願意等待那個將它們送往西方極樂世界的日子。

看過這個故事後，相信讀者們都知道拜四角的重要性了。然而，有些人可能會認為可以事後補做拜四角，或者認為只要拜了四角，家宅就一定平安。事實並非如此，讓我們再來看下一則故事：1.6. 沒拜四角的後果：不能趕走的黑令旗。

編者提示：關於冤親債主的由來，讀者可以參考下篇的1.8章節，題為「冤親債主的五色令旗」。

1.6.
沒拜四角的後果：不能趕走的黑令旗

在前文中，我們提到了一個揮舞黑令旗的厲鬼。今天，我們將深入探討黑令旗這一中國民間信仰中的象徵物。黑令旗有多種含義和用途，一般來說，可以分為以下幾種：

●五營旗中的黑令旗：屬於北營，是廟宇中常見的信物之一。

●廟壇外豎立的黑令旗：用於招兵買馬或告知外界此地有神明駐紮。

●開路黑令旗：神明出巡或祭煞時使用，以掃除不潔。

●神明請令用的黑令旗：作為祖廟神明或上級神明授與分靈神明身分證明及相當權力的象徵。

●「無形」的黑令旗，它被視為冤魂的復仇許可證，也就是民間所說的「索命符」。

據信，當人或動物冤死無法回到陽間時，地藏王菩薩或東嶽大帝會根據因果賜給他們黑令旗，允許他們回到陽間對兇手復仇。在這種情況下，即使是陽間的神明也不能阻止持有黑令旗的冤魂，最多只能在冤魂做太過或者殃及無辜時，對冤魂進行勸戒或渡化。

其中一個著名的故事是關於嘉義縣東石鄉的豬母娘娘「黑皮夫人」的傳說。據說，在清朝時期，一隻懷孕的母豬因偷吃農夫的地瓜葉而被農夫打死，導致一屍十三命。母豬死後到了地獄，得到閻羅王的黑令旗，其冤魂就回到陽間向農夫復仇。這導致了村裡的許多問題，最終在媽祖的協調下，母豬的冤魂同意將黑令旗還給閻羅王，並接受當地居民的供奉，成為了「黑皮夫人」。

本接下來，我們將分享一個由當事人親自口述的故事，這是關於一個不願意顯露身份的揮舞黑令旗的厲鬼。

我是一位年輕的司機，駕駛著一輛跨境的私家車。我的生活簡樸，租住在一個隱蔽的貨倉鐵皮屋二樓的小套房。每月，我支付三千元的租金，這個價格對我來說，既合理又能承受。我在這裡已經安家了一年，但最近六個月，我的生活發生了奇怪的變化。

當我第一次踏入這個鐵皮屋時，我沒有遵循傳統的入伙儀式，也沒有拜四角。我忽略了這個習俗，也許是因為我對這些傳統沒有太多的了解，或者是因為我太過於疲憊，只想快速安頓下來。但這個疏忽，似乎成為了後來一系列超自然現象的導火線。我記得那天，我只是簡單地將我的行李放下，然後就直接躺在床上休息。夜晚來臨，房間內的每個角落都籠罩在一片寂靜之中，但我卻感覺到一種說不出的不安。也許，如果我在入伙時有拜四角，向「土地公公婆婆」表達敬意，事情會有所不同。

夜幕降臨，房間的燈光熄滅後，我開始感受到一些不尋常的事情。起初，我只是隱約看到兩個黑影在房間裡徘徊，它們沒有具體的形狀，就像空氣中的漩渦，不斷地在我的視野中游移。隨著時間的推移，這些黑影變得越來越清晰，它們似乎有了自己的意識和目的。最近，這些黑影變成了兩個女子的模樣，她們約莫三十多歲，穿著傳統的衣服，有著悲傷而深邃的眼神。有一晚熄燈睡覺後，我看到兩個黑影，全裸的女性。一開始她們在房間裡走來走去，最後跟我上床，我在半夢半醒中跟她們發生關係！最近的情況是，我們好像成了一家人，任何時候早上都會看到這兩個女人，約三十多歲，這種人鬼之間情況該怎麼解決？

這種超自然的現象讓我感到困惑和恐懼。我不知道該如何是好，於是我尋求外界的幫助。我找到了一個師傅，他聲稱能夠解決這種靈異事件。他踏入我的小屋時，我們都感到一股強烈的頭暈和胃部不適，彷彿有一股無形的力量在抵抗著我們的到來。

經過一番詢問和調查，師傅終於了解到了事情的真相。原來，這兩位女鬼曾經是這片土地上的居民，但因為一場意外，她們的生命戛然而止，被埋葬在這個鐵皮屋的下方。

後來，有人在這裡建起了貨倉，卻從未為她們舉行過適當的祭祀或遷移她們的遺骨。她們生前信仰宗教，並揮舞黑令旗，傳統的燒紙錢和衣服的方式對她們來說毫無用處。

面對這樣的困境，師傅無法使用常規的方法來驅逐這兩位女鬼。她們對師傅的符咒和法術都不感到害怕，甚至還表現出一種挑釁的態度。在這種情況下，師傅只能「請僮上身」，希望能夠與這兩位女鬼達成某種協議。

通過儀式，女鬼們終於開口說話了。她們告訴我們，這裡是她們的

家，她們願意在這裡繼續居住，甚至提出了一個驚人的要求——她們希望我成為她們的丈夫，並帶我下地府。如果我們想要她們離開，她們要求我們進行挖掘和遷葬，這需要大量的金錢和時間。我只能付擔三千元的租金，根本無法滿足她們的要求。

經過一番掙扎和思考後，我決定遵從師傅的建議，選擇搬家。在搬家前的一個月內，師傅使用了強力的符咒來淨化這個空間，希望能夠暫時平息這兩位女鬼的怨氣。師傅在床頭床尾放置了平安符，並用火焚燒了驅邪的符咒。但即使如此，我仍然能感覺到她們就在我身邊，仿佛在告訴我，無論我做什麼，她們都不會離開。

這件事情讓我明白，我無意中侵占了別人的墳地來建造我的家，這不僅僅是債務問題，更是一種對生命的不尊重。最終，我決定收拾行李，離開這個充滿色慾的鐵皮屋。

這個故事教導我們，在搬遷時一定要拜四角，不要為了省下幾百港元而忽略這個重要環節。至於如何應對揮舞黑令旗的厲鬼，我們將在下兩篇文章中繼續探討。

1.7.
冤親債主向香港明星女兒索命討債

　　冤親債主，這個詞彙在中文裡有著深刻的文化和宗教含義。它原本指的是現實生活中結怨或虧欠的對象，但後來在佛教和道教中，這個概念被擴展到了歷劫輪迴中，與個人有仇怨或有虧欠的眾生，尤其是那些無形作祟的孤魂野鬼。

佛教視角：冤親債主的超拔與救度

　　在佛教中，冤親債主被視為超拔救度的對象，意味著他們需要被超度以解脫他們的痛苦和怨恨。這些靈魂可能因為沒有後代供養而變成孤魂野鬼，古代人認為他們是自然災害如水患、乾旱的成因。而「冤家債主」則可能帶來流產、小孩生病或夭折等災厄。從佛教的角度來看，化解冤親債主的方法涉及深刻的修行和懺悔。以下是一些基本的步驟和方法：

- ●昭告：在每天的修行前，先淨化身口意，然後在佛前說明此次修行的目的，爲冤親債主懺悔業障。
- ●誦經持咒念佛：誦讀《地藏經》、念誦往生咒和阿彌陀佛聖號，這些都是爲了幫助冤親債主得到超拔。
- ●懺悔：代表冤親債主在佛前懺悔，發露罪愆，並以眞誠心懇切地隨著修行者一起懺悔。
- ●皈依三寶：爲冤親債主在佛前皈依佛、法、僧，這是讓他得到精神上的庇護和安慰。
- ●發願：代表冤親債主在佛前發四弘誓願，這是希望他們能夠聽聞佛法，依願修行。
- ●迴向功德：將修行所得的功德全部迴向給冤親債主，希望他們能夠離苦得樂，並最終往生淨土。

這些方法不僅是爲了幫助冤親債主解脫，也是爲了修行者自身的淨化和提升。通過這樣的修行，可以逐漸消除怨恨，化解糾葛，並帶來內心的平靜與和諧。這是一個長期而深入的過程，需要持續的努力和眞誠的心。

道教視角：冤親債主的存在與化解

道教也有類似的觀念，其中「冤家債主」可以指現實的敵人、廣義的冤魂，以及進入母腹胎中的冤魂。這些靈魂在冥界中可能會尋找多生累劫的親人或仇人，並可能對他們造成身體病痛或精神不安。

道教中化解冤親債主的方法確實包括了燒紙錢和其他供品，這是一種傳統的祭祀活動，被認爲可以安撫那些未能超度的靈魂。以下是一些具體的方法：

燒紙錢：這是最常見的方式，通過燒造型如錢幣、金銀紙等形式的紙張，象徵著將財富送給冤親債主，以此來解除他們的怨恨或債務。

- 施食：進行施食儀式，燒燃食物的紙模型，如米飯、肉類等，以供養冤親債主，讓他們得到飽足，從而達到化解。
- 燒冥衣：燒紙製的衣物，如衣服、鞋子等，以此來滿足冤親債主在另一世界的需求。
- 燒寶物：燒紙製的房屋、車輛、家電等，這些都是希望冤親債主在另一世界能夠擁有這些物質上的享受。
- 燒符咒：道士會書寫符咒，然後燒掉，以此來驅散不祥之氣，保護家人免受冤親債主的干擾。

這些儀式通常在特定的日子進行，如清明節、中元節等，這些日子被認為是與冤親債主溝通的最佳時機。

在此，我要分享一個關於香港明星女兒被冤親債主追命的事件。這件事情已經被報章廣泛報導，因此我不會使用化名。但在此文中，師傅的名字無法透露，敬請見諒。

楊張新悅和她的丈夫Jeremy有四個女兒，其中14歲的Lucy因甲型流感導致細菌入腦，經歷了兩次手術。在這個困難時期，他們求助於一位慈悲的師父，並得到了菩薩的救助。Lucy的康復過程中出現了一些奇妙的事情，楊張新悅在社交媒體上分享了這些經歷。

他們發現每次師父的幫助後，Lucy的狀況都會有所改善。例如，Lucy出院時全身無力，無法說話，但在師父的幫助下，她的聲音和臉色都恢復了正常。此外，他們還經歷了一些難以置信的事件，讓他們更加確信虛空和冤親的存在。因此，他們決定用心學習佛法，懺悔，念經，並感恩師父和菩薩的幫助。

然而，他們也犯了一些錯誤。例如，當Lucy的狀況有所好轉時，他們忽視了「冤親」的存在，結果Lucy竟然確診了COVID。此外，他們在

海洋公園玩過山車時，也忽視了師父的警告，導致Lucy突然昏倒。

另外，他們在參加幾次法會時，也經歷了一些特別的事情。楊張新悅親眼看到Lucy在過程中出現了暈眩和站立不穩的情況，需要跪下休息。然而，當Lucy向冤親懺悔後，她的暈眩症狀立即消失，並能立即繼續站立念經。這種情況相繼出現了幾次，但自從她康復出院以來，就再也沒有出現過相似的情況。他們感謝冤親的提醒，讓他們明白女兒的業債還未清，不能掉以輕心，需要以感恩的心去感謝冤親放過女兒。這些經歷讓他們更加堅定了學習佛法，懺悔，念經，並感恩師父和菩薩的幫助的決心。

總的來說，冤親債主是一個涵蓋了過去和現在、親人和敵人、善緣和惡緣的廣泛概念。它提醒我們，每個人都可能有未了的因緣，這些因緣可能跨越了多個生世，並在靈界中尋求解脫。若欲深入探討冤親債主索命之奧秘，不妨細讀由享有「中華仙女」美譽的藝術家倪瑞宏於2021年在《鹽分地帶文學雙周刊》所發表的文章，該文題為《冤親債主產業鏈：一些去新莊地藏庵拜拜的週邊》。

1.8.
冤親債主的五色令旗

　　瑞士University of Bern宗教學系主任，Jens Schlieter教授於2013年，以會計學的「借貸平衡」原則，向西方世界闡述「業力」的奧秘。她認爲，借貸如同業力，有所借必有所還，最終達到平衡的狀態。這項研究與紐約Skidmore College教授Eliza Kent於2009年在印度進行的調查相呼應。Kent教授發現，前世的業力必將在今世找尋相應的人來還償。

五色令旗的分類

　　在我們的生活中，冤親債主的存在總是讓人感到恐懼。他們會以五種不同顏色的旗令來討報，每種旗令都代表了不同的討報程度。讓我們一起來詳細解釋這五種旗令：

●黃旗令是最輕的討報方式，只能造成干擾，而且時間最短，只有三年。

- 白旗令是次輕的討報方式，也只能造成干擾，但時間加倍，可以達到六年。
- 青旗令介於輕重之間，可以造成干擾，但不能侵體，期限也僅在六年。
- 灰旗令屬於重因果的討報方式，但較輕，已可以侵體，時限可以延長到十二年，例如慢性疾病。
- 黑旗令是最嚴厲的討報方式，不僅可以干擾，也可以侵體，最嚴重的情況下，甚至可以索命。從討報生效的那一天起，它可以伴隨一生，隨時伺機討報，例如一場車禍就可能要索命。

台灣人對於持黑令旗的冤親債主相信都不會陌生，讓我們來看看崔曉菁的悲劇。

在2002年，雲林北港鎮發生了一起令人震驚的事件。一名14歲的少女崔曉菁在家中的沙發上被發現已經去世。她的手腳和口部都有膠帶的痕跡，身上還有三處利器的痕跡。這讓當地的居民都感到難以置信。然而，由於檢方一直無法找到足夠的證據，主謀始終未能被逮捕並被起訴。

九年後，一名男大學生透露，他因為被託夢告知相關線索，所以開始重新調查這個案件。然而，就在最關鍵的時刻，線索又突然消失了。至今已經過去超過二十年，這個案件仍然未能破解。該男網友在前陣子現身，還原了當時託夢的情況。他表示，崔曉菁希望能夠重啟這個案件。警方一開始對他的說法半信半疑，但是當他開始講述詳細的線索時，所有人都被驚呆了。2011年，這名男網友將他所知道的所有線索詳細地發佈在社群平臺「PTT」上，引起了網友的熱烈討論。當時，這甚至引起了警界的驚訝。負責調查的員警原本以為這可能是「詐騙集團」想要混淆視聽，但是他卻一直提到只有警方才知道的「不公開人名」，這讓他的說詞顯得有些可信。

然而，就在大家以爲可以順利破案的時候，透過民俗的方式得知，小妹妹似乎正在猶豫是否要破案，最後線索也陷入了僵局。該男網友在PTT上回憶此案時透露，當時當事人的爸爸在外面送貨，最後一刻是在1樓的客廳睡覺，媽媽和弟弟則在2樓睡覺。當時主謀從門外進來，因此他認爲雙方應該是認識的，否則小妹妹不會開門。

然而，家人一直堅稱是有人想要偷東西才會發生這樣的悲劇。加上現場也馬上被清理乾淨，他們推說是怕「被房東追究」。這一切都顯得非常不合理。加上屋內根本沒有財物損失，這更是讓人感到困惑。雖然因爲「託夢」而重啟辦案引發了社會的質疑，但是早在警方介入調查後，就監聽到家人在電話中表示「一定會謝罪」、「很怕曉菁找上門」等語。加上崔女的媽媽也曾坦言「很怕女兒到夢裡」，甚至特地到廟裡求來符咒，鎮壓在孩子的照片上面。這些都顯得非常不合常理，所以才希望能夠繼續調查。尤其是男大生在描述夢中的女孩時表示，她坦言「是我的親戚做的」。他還根據印象「畫出來的生活照」，幾乎都與線索相吻合。然而，就在希望重啟案件的時候，崔曉菁的外婆竟然拍桌大喊：「不要辦！」發現失態後，她竟然變臉改口說：「不要想起悲傷的事！」這讓人感到疑惑。

簡少年的解決方法

命理大師簡少年在他於2023年出版的《簡少年現代生活改運書》中，提及了化解持黑令旗冤親債主的其中一個方法。他以小朱的男友爲例，描述了一個令人震驚的故事。小朱的男友在騎車時撞到了一隻貓，結果貓死了，他卻毫髮無傷。老師解釋說，這是冤親債主拿黑令旗來找他，他的祖先用貓的命換了他的命。她的男友前世是和尚，有許多冤親債主。其中兩位女性冤親債主給她留下了深刻的印象。老師建議她的男友眞誠地道歉，吃素並迴向給她們。

佛法中的解決方法

簡少年師傅提及的是佛法中消除黑令旗冤親債主的方法，詳見「1.2.佛教護身：心經與禪修的超脫之道」。為什麼師傅們都不願意處理持黑令旗的冤親債主呢？因為每個人都有其因果，或稱之為「業」。清理一般的冤親債主、收人錢財替人消災是可以的，但一般持黑令旗的冤親債主，師傅都不願介入這些因果，避免惹禍上身。然而，有些道家師傅卻願意挺身而出，甚至分文不取，為讀者處理這些問題。如果您想要獲得這些師傅的聯絡方式，請將本書的收據電郵給筆者。

1.9.
神職人員的戰鬥：聖水在治療邪病中的作用

在我們的前一篇文章「1.7.冤親債主向香港明星女兒索命追債」中，我們提到了一個邪靈索命的事件，而當事人選擇使用的是道教的方法來對抗邪靈。然而，在這一章節，我們將轉向另一種宗教的方法，即天主教神父所使用的方法。

天主教驅邪儀式的概述

天主教的驅邪儀式是一種古老的宗教儀式，其中包括使用聖水來驅逐邪靈。這種儀式的目的是要求邪靈離開人或一個地方，不再在這地方作惡，或騷擾人。在這種儀式中，神職人員會讀出特定的經文，並進行一系列的儀式動作，包括灑聖水。聖水是一種被祝聖的水，被認為具有驅邪的力量。在驅邪儀式中，神職人員會將聖水灑在人或地方上，以驅逐邪靈。這種儀式通常在教堂內進行，並由經過特殊訓練的神職人員來主持。

2011年，埃塞俄比亞的Addis Ababa University副教授Dr. Yonas Baheretibeb嘗試以聖水進行疾病治療，結果令人矚目，有92%的病患病情顯著改善。2012年，法國Aix-Marseille University的顧問Judith Hermann專程前往實地考察聖水的使用情況，發現該國一個名爲Ent'ot'o Maryam的地方，已專門生產聖水以治療愛滋病。然而，該國各地區部落因爭奪聖水而經常爆發衝突，其中包括Shenkuru Mika'Sl部落派人攻打 Ent'ot'o Maryam 奪取聖水的情況屢見不鮮。

驅邪儀式的特定經文

關於驅邪儀式的特定經文，天主教的驅邪禮典中有一些特定的經文和禱詞。例如，驅魔者在受困者頭上覆手，藉此呼求聖神的德能，使魔鬼離開他，因他藉洗禮成了天主的聖殿。此刻念信經，或重發聖洗誓願棄絕撒旦。接著念天主經，呼求天主和我們的父，爲救我們免於凶惡。以下是驅邪禮的一些主要步驟：

- 禮節以灑聖水開始，藉此紀念領受洗禮時的淨化，受困者得到保護以抵抗敵人的陷阱。
- 然後念禱文，藉此因諸聖的轉禱，呼求天主對受困者大發慈悲。
- 禱文後，驅魔者可念一首或幾首聖詠，祈求至高者的保護，頌揚天主對邪魔的勝利。
- 隨卽宣報福音，作爲天主臨在的標記，他以自己的話在教會的宣報中，治癒人的疾病。
- 然後驅魔者在受困者頭上覆手，藉此呼求聖神的德能，使魔鬼離開他，因他藉洗禮成了天主的聖殿。
- 此刻念信經，或重發聖洗誓願棄絕撒旦。接著念天主經，呼求天主和我們的父，爲救我們免於凶惡。
- 完成這些後，驅魔者向受困者舉起主的十字架，它是一切祝福及恩寵的泉源，並在受困者身上劃十字聖號，以此指出天主對魔鬼的權力。
- 隨後念懇禱式禱詞祈求天主，並念命令式經文，藉此因天主之名，直接詛咒魔鬼，令他離開受困者。

要談到天主教驅鬼的經典例子，必定是《The Guardian》、《Skeptical Inquirer》和《Strange Magazine》都報導過的真實事件。

在1949年，當地的天主教教堂得知Roland Doe（偽名）被邪靈附身的情況後，派出了一位名叫William Bowdern的神父來幫助他。Bowdern神父是一位經驗豐富且受過特殊訓練的神父，他專門處理這種驅鬼的案件。

Bowdern神父進行了多次驅鬼儀式，試圖驅逐附在Roland身上的邪靈。這個過程非常艱難，Roland會在儀式中變得極度暴躁，甚至對Bowdern神父和其他在場的人進行攻擊。這些攻擊包括言語攻擊和身體攻擊，使得進行驅鬼儀式的過程變得非常困難。

然而，經過了數週的努力，Bowdern神父終於成功地驅逐了附在Roland身上的邪靈。這個過程需要極大的耐心和堅持，以及專業的知識和技能。在驅鬼儀式中，Bowdern神父使用了各種天主教的儀式和禱詞，包括使用聖水、念珠和十字架等。

這個個案後來成為了電影《驅魔人》的靈感來源。這部電影描述了一個小女孩被邪靈附身，並由兩位神父進行驅鬼的故事。這個故事再次證明了天主教驅鬼儀式的力量和效果。

天主教男校與邪靈的關係

在華人社會中，我們可以看到存在著一些天主教男子學校，但相對少見的是女子學校。據說，這是因為男生相對女生更容易受到邪靈的困擾。所以有些天主教學校只招收男生，而校長通常是神父，目的是在男同學受到邪靈困擾時能夠提供幫助。在中國有許多天主教男子學校，例如彩虹邨天主教英文中學和新北市私立天主教徐匯中學等。在外國Cork, Ireland的Deerpark CBS，這所19世紀的男校更因其神秘的鬼魂傳說而聞名。讓Deerpark CBS在超自然熱點中脫穎而出的是其鬼魂現象的多樣性和強度，包括物體自行移

動，溫度突然下降，甚至從眼角瞥見鬼魂的身影 - 這些現象不僅被易受影響的學生報告，甚至連懷疑論者的教職員工也報告過。這些都是在Deerpark CBS發生的神秘事件，讀者亦可在網上搜尋到相關視頻。

男性可能比女性更容易受到邪靈的干擾，原因可能與他們的行為模式有關。例如，男性可能更傾向於冒險和尋求刺激，這可能使他們更容易接觸到可能引起邪靈干擾的活動。其次，教會的教導可能也影響了人們的觀念。在一些教會中，男性被教導要保持自己的純潔，避免與異性有過多的身體接觸，並且要尊重女性。這種教導可能使一些男性在與異性相處時感到困難，並可能使他們更容易受到邪靈的干擾。

神父經常進出醫院為男學生治邪病，這是醫院公開的秘密，唯他們避免公眾知道。一般都是帶著裝束到醫院病房才更換進行聖水治療。不過，若本書讀者真的有邪病，可連同本書單據電郵讀者索取神父資料。然而這聖水或道教符水是否真的有用呢？根據美國Duke University精神科教授Harold G. Koenig, M.D.的研究，只要病人相信這些聖水或符水，功效便會非常顯著，關鍵在於「信」。

編者按：文中的學校名稱只是筆者舉例說明天主教男校的確存在於華人社會，並沒有任何明示或暗示該校鬧鬼。筆者的目的並不是要恐嚇或誤導讀者，而是希望通過分享這些信息，讓讀者對天主教驅鬼儀式有更深入的了解。

1.10.
另類急救：拯救被鬼上身的人

　　在現今社會，學校教育在很大程度上影響著我們的成長和未來的發展。然而，學校教育是否真的為我們提供了足夠全面的知識和技能？以急救教育為例，儘管學校已經在課程中納入了一些急救知識，但仍有許多值得擔憂的缺陷。其中最突出的問題就是學校急救教育完全忽略了如何救被鬼上身的人。

　　知名哲學家Edward H. Madden於1967年毫不掩飾地指出，基督徒僅僅口頭上弘揚愛的理念，實則如同畫餅充飢，無法解決實質問題。他認為，基督教必須正視邪靈的存在，否則信徒們就無法僅憑「耶穌愛我」這種空洞的語句來驅逐邪靈。然而，歲月如梭，幾十年過去，宗教和學校教育仍舊對於如何應對鬼魅附身等超自然現象束手無策，對於這種急救措施的教授一無所知。這種現象不禁讓人感到疑惑，我們的教育體系是否真的足夠全面，是否

能夠應對生活中的各種挑戰？現在讓我們一同探討，如何在緊急情況下，運用三種快速救命驅鬼方法。

驅鬼方法一：用筷子夾手指

用筷子夾手指的方法是一個快速可以驅除負能量或鬼魂的方式。這是將疼痛作為一種刺激，讓被附身者恢復清醒。以下是該方法的一個描述：

- 準備一雙筷子：在這個方法中，筷子代表著天地和陰陽的力量。筷子的一端圓形代表天，另一端方形代表地。
- 選擇正確的手指：通常會選擇夾中指，因為在某些文化的玄學中，中指與陽火有關，可以引出體內的陽氣。
- 使用紅色筷子：紅色在這些文化中代表陽氣和火，可以用來驅散陰氣。
- 進行夾取：用筷子夾住手指，並且可能伴隨著咒語或祈禱，以驅除認為附身的鬼魂。

驅鬼方法二：鏡子反射法

另一種傳統方法，稱為鏡子反射法，用於驅除附身的邪靈：

- 準備階段：首先，找一面大鏡子，最好是能夠完整反射出被附身者全身的鏡子。清潔鏡面，確保沒有任何污點或遮蔽物。
- 安置鏡子：將鏡子放置在光亮和通風的地方，確保鏡子背後沒有任何遮擋，以便邪靈可以透過鏡子離開。
- 進行儀式：在鏡子前點燃蠟燭或其他淨化用的物品，如香薰或聖水。這些元素被認為可以增強鏡子的驅邪能力。
- 反射邪靈：讓被附身者面對鏡子，深呼吸並放鬆心情。進行一系列的呼吸或冥想練習，幫助其心靈平靜下來。
- 斥責邪靈：進行口頭斥責，命令邪靈離開被附身者的身體。這時，可以使用強有力的言語，或者進行特定的咒語或祈禱。
- 觀察變化：在整個過程中觀察被附身者的反應，以及鏡子中的反射。信

仰中認為，邪靈會被鏡子中的反射所震懾，並最終離開。

●結束儀式：一旦感覺到邪靈已被驅逐，結束儀式，並將鏡子安全地存放或覆蓋起來，以防邪靈返回。

驅鬼方法三：宗教音樂或經文

還有一個方法是利用宗教音樂或經文的力量來清淨空間，驅除負面能量或靈體。不同的宗教傳統有各自的音樂和經文，這些都是經過時間考驗，被認為能夠帶來和平與和諧的。六字大明咒(嗡嘛呢叭咪吽)被認為是佛教中非常強大的咒語，它源自於佛教經典，特別是與觀世音菩薩相關的修行法門。這個咒語被認為具有多種功效，包括能夠驅除邪靈和負面能量。以下是一些原因，解釋為什麼六字大明咒能幫助驅鬼：

●佛菩薩的加持：六字大明咒被視為觀世音菩薩的心咒，因此誦念時相信能夠得到菩薩的加持和護佑。

●淨化能量：這個咒語被認為能夠淨化環境和心靈，創造出一種能量場，這個能量場能夠驅散負面能量和靈體。

●心靈的力量：誠心誦念六字大明咒時，個人的意圖和專注力量會被放大，這種心靈的力量被認為能夠驅除邪靈。

●持續的實踐：持續和規律地誦念六字大明咒，可以增強其驅邪的效果，並提供長期的保護。

●普遍的接受度：由於六字大明咒在佛教徒中廣為人知，它的普遍接受度和信仰的力量也有助於其驅邪的效果。

驅邪是一個需要耐心和持續努力的過程。這意味著可能需要定期並有規律地重複播放宗教音樂或誦經，以此來強化驅邪的效果。持之以恆的實踐能夠逐漸改善環境的能量，並提供持久的保護。

教育的未來與超自然現象

最終，本篇文章將引述美國浸信會最大學府Baylor University的Kevin

O'Donoghue博士於2023年的學術論文觀點。他翻查了基督教學院和大學理事會的115個會員中的104個的課程描述，並對高等教育領域的近期文獻進行了審查。研究結果揭示大多數人在學術研究和信仰教學中都忽視了對抗邪靈的承傳。他深信對撒旦的冷漠與疏忽，實質上是對基督教信仰的沉重打擊。

第二章

改運

2.1.
基督教信仰：信念與行爲的轉化力量

　　基督教信仰，這是一種深邃且卓越的精神體驗。它不僅僅是一套信條或儀式，更是一種強大的力量，能夠轉化個人的信念和行爲。這種信仰的核心在於對耶穌基督的堅定信任和依賴。通過這種信任，個人的內心世界和外在行爲得以改變。英國Bishop Grosseteste University的兼職教授，同時也是法政牧師的Leslie J Francis，在2008年的研究中揭示了一個引人深思的現象：經常參與教會活動的人似乎會擁有更好的運氣。然而，這種運氣的來源是否源於參與教會活動的習慣，抑或是由於靈性的轉變所帶來的呢？科學上尚無定論。

信念的重要性

基督教信仰強調信念的重要性。這不僅是對神的存在和神的話語的確信，更是一種內在的確信，能夠引導信徒在生活中做出符合基督教教義的選擇。《希伯來書》第11章第1節提到：「信就是所望之事的實底，是未見之事的確據。」這句話強調了信仰是對未來的希望和對看不見事物的堅定信任。

在基督教信仰中，改運並不是迷信的說法，反而是一種透過信仰和行為的轉化來實現的內在更新。科學實證如山，早已證明參與教會活動能為人們帶來財富的增長。美國Valparaiso University的經濟學美女副教授Sara Gundersen在2018年發表的科學論文《Will God Make Me Rich?》中，運用統計學的方法，對比分析了三大教派——Charismatic、Evangelical、Pentecostal的教會，探討了信徒在哪一種教會中的財富增長速度會更快。然而，這三大教派在中國各地的譯名各不相同，故本書不作翻譯。又，這項研究的數據源自2014年的非洲加納，對於讀者來說，這項研究的結果可能並無太大的參考價值，故在此不作深入探討。

聖經中的改運故事

聖經中有許多故事描述了人們如何透過信仰和神的助力來改變自己的命運。以下是一些經文中的例子：

- 以斯帖，一位猶太人，成為了波斯王后。在關鍵的時刻，她挺身而出，為她的族人求情，從而改變了猶太人的命運。她的勇氣和智慧使猶太人得以免於滅絕，這個事件後來成為了猶太節慶普珥日的基礎。
- 撒勒法的寡婦在飢荒中遇到了先知以利亞。儘管她所剩無幾，她仍然按照以利亞的指示提供了食物給他。由於她的信心和慷慨，神賜福給她，使她的麵粉和油不減，直至再次降雨。
- 約拿是一位先知，他被召喚至尼尼微城宣講悔改。起初，他逃避了神的命令，但最終在一條大魚的腹中祈禱和悔改後，他遵從了神的旨意。他的宣講導致了尼尼微的人民悔改，從而改變了他們的命運。

以下是兩個現代人透過堅守基督教信仰，從而翻轉命運、改寫人生的生動實例：

- Nick Vujicic是一位來自澳大利亞的勵志演講家，他的生命故事是透過基督轉運的經典例子。他出生時罹患四肢發育不全症，並且沒有四肢。在成長過程中，尼克面臨著無數的挑戰，包括自卑、憂鬱和自殺念頭。然而，在16歲時，尼克接受了耶穌基督為他的救主，並且在基督教信仰的支持下，開始改變他的心態和生活。他開始相信上帝賦予他生命的價值和目的。
- 蘇緋雲博士的曾祖父曾經有酗酒問題，這對他的家庭造成了很大的困擾。然而，在林語堂先生的尊翁的帶領下，他信仰了耶穌基督。這個信仰的轉變對他和他的家庭產生了深遠的影響。他不再沉溺於酒精，家庭關係變得和睦，生意也蒸蒸日上。這種改變不僅影響了他自己，也為他的後代帶來了福氣。

受洗：一個融入基督教圈子的方式

最快能融入基督教圈子的方式莫過於「受洗」。受洗後取得一張證書，您就成為了基督教徒的一員，獲益良多。自身受洗不僅有助於信仰層面的發展，還可能對生活中的其他方面產生積極影響。以下是一些實際方面的例子：

- 擴展人脈：參與教會活動和聚會，您將有機會結識來自不同行業和背景的人。這些人脈對您的職業發展和生活可能產生積極影響。例如，您可能在教會活動中結識擁有專業技能的人，他們可以在您需要時提供幫助或建議。
- 認識貴人：在教會中，您可能會遇到一些對您的生活和事業有著重要影響的人。他們可能成為您的良師益友，為您提供指導和支持。例如，在教會中，您可能會遇到成功的企業家或行業領袖，他們的經驗和建議對您的職業發展可能有很大幫助。

- 學校選擇：對於希望子女進入基督教學校的家庭來說，受洗可能是學校招生考慮的因素之一。許多基督教學校在招生時會考慮學生的宗教背景和信仰實踐。
- 獎學金實例：基督教學校通常會為受洗學生提供更多的資源，如獎學金、財務援助或特殊的教育計劃。
- 學校選擇：對於希望子女進入基督教學校的家庭來說，受洗可能是學校招生考慮的因素之一。許多基督教學校在招生時會考慮學生的宗教背景和信仰實踐。

在香港，許多家長在為子女報讀學校時，才驚覺父母雙方的受洗證明書對於子女的升學具有實質的影響，甚至可以為他們的入學申請加分。然而，有些人可能會遇到無法獲得受洗的困境，這可能涉及到兩個主要原因：

- 他們可能面臨著「十一奉獻」的掙扎。在基督教中，「十一奉獻」是指將收入的十分之一奉獻給教會。如果個人不願意進行十一奉獻，教會可能會因此拒絕他們的洗禮申請，因為十一奉獻被視為信徒對神的感恩和對教會社群的支持的表現。
- 他們可能不願意投入教會生活。在受洗前，信徒通常被期望積極參與教會生活，包括參加崇拜、小組聚會和服事活動。如果有人不願意投入這樣的參與，他們可能不獲准受洗。

對於那些急需獲得受洗證明書的讀者，他們可以攜帶本書的單據聯絡筆者尋求幫助。筆者將竭誠為您提供援助，希望能為您的信仰之路提供一份力量。

2.2.
道家智慧：陰陽五行的調和與平衡

　　道家思想，作為中國古代一種重要的哲學思想，其核心觀念包括陰陽、五行、無為而治等。在這個哲學體系中，改運被視為通過陰陽五行的調和與平衡來達成的。這種調和與平衡不僅體現在自然界的運行和變化之中，還體現在人類的生活和心靈世界。本文將探討道家智慧如何通過陰陽五行的調和與平衡來改運。

陰陽：宇宙萬物的兩面
　　陰陽是道家哲學中的兩種相互對立而又相互依存的力量，代表著宇宙萬物的兩面。陰陽平衡是萬物和諧運行的基礎。在人類生活中，陰陽失衡可能導致各種問題，如疾病、心理失衡、家庭矛盾等。通過調整陰陽平衡，人們可以在身體、心靈和生活中實現改運。

五行，卽金、木、水、火、土，是道家哲學中用來描述宇宙萬物變化的五種基本元素。五行相生相克，代表著生命和自然界的循環和變化。在道家思想中，人與自然是相互聯繫的。因此，通過調整五行的平衡，人們可以改變自己的命運和運勢。要實現陰陽五行的調和與平衡，我們需要在以下三個方面下功夫：

- ●養生：在道家思想中，養生是通過調整陰陽五行來實現身體健康的重要途徑。通過合理的飲食、運動和作息，人們可以調整身體的陰陽平衡，從而達到改運的目的。
- ●心境：心境的平衡與否直接影響到人的運勢。道家強調無爲而治，卽在心境上保持平靜與和諧，不被外界紛爭所困。通過冥想、瑜伽等方式，人們可以調整心境，使其達到陰陽平衡。
- ●環境：風水學是道家哲學在生活環境中的應用，它強調通過調整居住和工作環境中的陰陽五行來實現運勢的改變。合理的風水布局可以爲人們帶來和諧的氣氛和積極的能量，從而提升運勢。

風水學的科學基礎

筆者在本書中難以深入探討風水，讀者可必考《建築環境的風水科學—基礎理論與案例分析》。這本書由香港城市大學的麥敏銳博士和蘇廷弼博士合著，旨在以科學的方法來探討風水。書中不僅重新審視了傳統風水學說，還探討了如何將風水理論和原則應用於現代建築環境和設計中。作者們綜合分析了風水如何影響人、建築物和環境之間的互動。

風水的科學基礎主要涉及對自然環境的觀察和理解，特別是對「氣」的流動和影響的研究。在傳統中，「氣」被認爲是一種能量，可以通過風水的實踐來調整和優化。從物理學角度來看，風水中使用的工具和技術可能與靜電場、磁場和引力場等物理現象有關。例如，一些研究指出，山體和河流的特定結構可能與靜電場有關，而這些靜電場可能會影響到人們的生理感受和生物的生長。例如，某些建築可能會根據風水理論選擇特定的方位或形狀，以

促進「氣」的流動和積聚，從而帶來所謂的好運勢或正面影響。這些實踐通常涉及對地形、水文、氣候等自然條件的考量，以及對建築物布局和內部空間的精心規劃。關於風水效用的科學論證，詳細可以參考「3.4.奇門遁甲：時空變化的神秘風水術數」。

網絡資源：風水學簡介與教學

再者，網絡上能夠搜尋到諸多免費之風水學簡介資料。而關於YouTube上提供的免費風水教學，您可參考以下頻道：

- 陳寵羽易理風水，提供了三元納氣陽宅風水的教學。
- 乾坤門陳老師，教授風水陽宅學，包括坐向與真財位的認識。
- 玄燊命理，有提供風水入門教學的動畫視頻。

另一個常見的求福方法是拜神明，這是一種傳統的道教和民間信仰儀式，主要在華人社會中流行。根據道教傳統，以下是一些善信會拜託以改善運勢的神明：

- 三清：包括元始天尊、靈寶天尊和道德天尊，分別代表天、地、人三界。
- 四御：包括東極青華大帝、南極長生大帝、西極勾陳上宮天皇大帝、北極紫微大帝。
- 三官大帝：包括天官賜福、地官赦罪、水官解厄，主管人間的福、罪、厄。
- 五方五帝：分別為青龍、白虎、朱雀、玄武、中央黃帝，代表東、西、南、北、中五個方位。
- 福祿壽三星：分別代表福氣、富貴和長壽。
- 財神：主管財富和財運。
- 文昌帝君：主管學問和考試。
- 北斗七星君和南斗六星君：分別主管命運和壽命。

在香港，您可以尋求靈寶天尊的指引和協助，詳細資訊可參考「4.9.三清靈寶天尊與太子哪吒」。至於關於參拜廟宇以及如何進行參拜，詳細可以參考「2.8.參拜廟宇：拜神指南」。

拜太歲：改善運勢的傳統儀式

另一個常見的求福方法是拜太歲，這是一種傳統的道教和民間信仰儀式，主要在華人社會中流行。這個儀式的重要性源於對太歲神的敬畏和祈福。太歲是中國古代星宿之一，相傳每年都有一位太歲神主管那一年的運勢。人們相信，如果一個人的生肖與當年的太歲神相沖，那麼該年可能會遇到各種挑戰和困難。因此，拜太歲的儀式被認為可以為人們帶來好運，避免不幸，並且保護他們免受當年太歲神的負面影響。這個儀式通常包括在廟宇中向太歲神獻上香燭、祭品，並進行祈禱。人們會請求太歲神保佑他們一年的平安和順利，並且消除可能的不利影響。

要得知是否犯太歲，您可以根據您的生肖和當年的太歲星君進行比對。一般來說，如果您的生肖與當年太歲星君相沖、相刑、相害、相破或相沖，則被認為是犯太歲。即使沒有犯太歲，您也可以進行拜太歲的儀式。這通常被視為一種祈福和化解可能的不利影響的方式。拜太歲可以增強個人的運勢，並為來年帶來平安和順利。這個儀式不僅限於那些犯太歲的人，任何人都可以進行，以求得心靈上的安寧和好運。四川大學道教與宗教文化研究所所長（自1995年至2012年），現任該所榮譽教授的李剛，於2006年提出我們不應該將太歲視為凶星，反之，只要人們能夠「戒惡揚善」，就能得到它的庇護。他強調，只要人們能夠遵循這一原則，太歲就會回應人們的請求，回報人們的正面價值，並帶來人們一年又一年的平安。這就是世俗所說的「有求必應」。希望這篇文章能對您有所幫助，祝您運勢旺旺！

2.3.
佛教教導：佛誦與因果律的生命調整

　　科學界對於佛誦如何轉變人生軌跡的問題，尚未能作出結論。然而，佛誦的三大利益卻是不容忽視的。首先，它具有治愈之力，能夠爲身體帶來康復；其次，它能提升心靈，使人的精神得到昇華；最後，它還能帶來財富，爲人生增添一份豐盈。

佛誦的方式

　　嵩山少林寺的副住持悟覺妙天禪師於2008年，爲衆生指引了念佛的道路。他鼓勵大家在網絡上尋找相關的視頻，跟隨其中的指導進行念佛。他強調，只要誠心誠意地念佛，就能擺脫心魔的纏繞。這種「心淨即佛」的理念，爲我們提供了一種全新的視角來理解念佛的奧秘。

至於念佛要念多久才能改運呢?淨空法師說「一念」,只要真誠的念佛,一秒就能轉變過來。輔仁大學宗教所畢業的胡瑞月博士在2012年亦做了相關研究,關於念佛念多久才能為日常生活帶來好改變,他亦發現念佛改運的效果不在於念多久,而是有沒有心念,有心的話,也是很快見效果。

細胞更新的神秘

網路上流傳著一種說法,宣稱人體的細胞每七年便會全數更新一次,然而,這種說法並非鐵板釘釘。事實上,人體內的細胞更新速度因細胞種類而異,並非一概而論。人體的細胞確實會進行更新,但並非所有細胞都按照同一個週期來更新。例如,腸道細胞的更新周期是2~3天,胃粘膜的上皮細胞更新速度很快,整個胃黏膜更新的時間約為3天。而像是心肌細胞、大部分神經細胞等,其替換速率相對較慢,並且隨著時間流逝而減慢。然而,有些部分的細胞,如眼睛的水晶體和神經細胞,並不會進行更新。因此,雖然人體的細胞確實會進行更新,但並非每七年就會全部換新。每種細胞類型都有其自身的生命週期,並且這些週期可以從幾天到幾十年不等。

關於細胞的更新,是否會轉變為良好或是惡劣的狀態呢?淨空法師指只要日日夜夜齋心念佛,細胞便能如鳳凰涅槃,從新生轉變為良好的狀態。淨空法師的這一說法,尚待科學家們的實證驗證,然而,念佛治病的效果卻已有眾多科學實證為之背書。清華大學藥學院院長錢鋒教授於2023年攜手九位學術界的同道,共同揭示了念佛之力能使細胞的粒線體功能如虎添翼,表現在腺苷三磷酸(ATP)水平的顯著提升,並且活性氧(ROS)水平大幅下降,這無疑證明了細胞的抗氧化能力得到了顯著的提升。

念佛與運勢

泰國暹羅大學的學者,Vanchai Ariyabuddhiphongs博士,在2010年對四百名曼谷居民進行了訪談。他們在念佛之後,不僅財富有所增加,而且生活更加幸福和快樂。這其中的原因有兩點,首先,念佛使他們減少了對他人的侵犯和冒犯;其次,居民在念佛後對冤親債主進行了迴向,這使得他們的

運勢立即得到了提升。易學佛堂的創始人黃四明，在2019年傳達了一段初入佛門且翻運的體驗，該人士亦強調，念佛之後能夠淨化一個人累積多世的惡習、業障，並改變不順的命運。

在2010年，佛光大學宗教學研究所的副教授姚玉霜博士進行了一項深度研究，對比了該校學生與其他非宗教院校學生的運勢。研究結果顯示，佛光大學的學生在運勢上顯著優於其他學生，人緣亦較佳，特別是在社會接納度上有著明顯的優勢。

另一方面，Russian Academy of Sciences的學者，Maya V. Babkova博士，在2022年進行了一項深度探討日本女性修行大乘佛教的學術研究。她發現，眾多女性對於獲取財富和育兒深感興趣，然而在社會的大環境下，男性和女性並未站在同一條起跑線上，這使得女性們感到步履艱難。然而，有趣的是，念佛的實踐使一些女性放下男女不平等的觀念，努力向上，最終成功地過上了快樂的生活。

持素的力量

最後一種方式便是持素。斯里蘭卡的佛學學者，以及曾任香港駐蒙古領士的郭兆明博士指出，每月初一和十五實行素食，無需日復一日地堅持，也能達到相當的效果。此外，他還提倡在平時飲食肉類之前，為那些已經死去的生命起祈禱，這樣不僅能夠表達對生命的尊重，也能提升個人的運氣，即「以素養生，以禱提運」。

美國The George Washington University的學者Heather I Katcher在2010年的研究中，發現了一個引人注目的現象：公司員工實行素食後，不僅生產力有所提升，更為重要的是，錯誤率竟然降低了40-46％。悉尼大學的學者 Michelle Bones 在2019年的研究中，深入探討了素食對睡眠質量的影響。這種「以素養生，以眠提能」的理念不僅能夠提升睡眠質量，更能進一步提高工作效率和生產力。

德國Martin Luther University Halle-Wittenberg的附屬研究員Ina VOLKHARDT於2016年，聯袂五位學者，於學術殿堂揭示了一份專為公司設計的素食午餐清單。這份清單經過科學驗證，確實能夠提升公司員工的生產力和效率，為企業增添了一絲綠色的活力。詳情可參閱其學術論文《Checklist for a vegan Lunch Offer in the Company Catering》。

本篇文章以印度Vipassana Research Institute的精神科醫生Dr Dhananjay Chavan於2007年在學術期刊《Progress in Brain Research》發表的研究為結論，念佛對於改變人類大腦意識的深遠影響，這種意識的變化，不僅會改變人們對於事物的物質體驗和內容的感知，更有可能從根本上改變他們的命運。

編者按：關於念佛回向的具體方法，詳情請參見前文「1.8.冤親債主的五色令旗」。

2.4.
元辰宮秘法：神秘風水與運勢的提升

　　靈魂元辰宮，是一個神秘的概念，它存在於許多東方哲學和宗教信仰中。這個宮殿被認為是靈魂的居所，一個內在的聖地，是個人修行和自我實現的場所。在這裡，時間和空間的概念變得模糊，只有靈魂的本質和宇宙的根本真理才是明確的。元辰宮不僅是一個地方，更是一種狀態，一種達到內在和諧與平靜的境界。傳說中，只有通過深刻的內省和持續的精神修煉，人們才能接觸到自己的元辰宮。在那裡，他們可以與自己的真我對話，並與宇宙的智慧合一。元辰宮的概念鼓勵人們尋求內在的智慧和力量，而不是外在的物質和權力。它教導我們，真正的力量來自於對自己的了解，以及與更高意識的連接。在靈魂元辰宮的指引下，我們可以學會如何釋放內在的潛能，如何超越日常生活的限制，並達到一種超凡脫俗的生活狀態。這是一條通往自我啟發和靈性覺醒的道路。

靈魂元辰宮的內在佈局

元辰宮的內在佈局是一個充滿象徵意義的空間，它代表了個人內在世界的結構和秩序。

- ●中心殿堂：元辰宮的核心是中心殿堂，象徵著靈魂的本質和內在力量。這是一個寧靜的地方，光線柔和，空氣中充滿了智慧和平靜的氣息。在這裡，個人可以與自己的「高我」進行深入的對話，並尋求內在的指導。
- ●四周的庭院：圍繞著中心殿堂的是四個庭院，每個庭院代表了人的不同面向：智慧、情感、意志和直覺。這些庭院是探索和培養這些內在品質的場所，也是平衡和整合個人性格的空間。
- ●八方通道：從中心殿堂延伸出八條通道，通往元辰宮的外圍。這些通道代表了生命的八個方面，包括家庭、事業、健康、財富、學習、社交、靈性和創造力。走過這些通道，可以幫助個人在這些領域達到成長和諧衡。
- ●外圍圍牆：元辰宮的最外層是一道圍牆，它保護著內在世界不受外界干擾。這道牆不僅是一個防禦機制，也是一個界限，提醒我們要尊重自己的界限，並在適當的時候開放自己。
- ●天空和大地：元辰宮不僅僅是一個封閉的空間，它的上方是開放的天空，下方是穩固的大地。天空代表了無限的可能性和靈性的自由，而大地則提供了實踐和實現夢想的基礎。

靈魂元辰宮的內在佈局是一個不斷變化和發展的空間，隨著個人的成長和靈性的進步，它也會相應地進行調整和擴展。

如何探索元辰宮

元辰宮是一個可以分為找師傅觀賞和自己欣賞的事物。如果是後者，冥想可以幫助你集中精神，專注於內在的感受和直覺。可以使用傳統的冥想音樂或自然聲音來輔助冥想。視覺化和內觀是冥想的核心，你可以在心中構建

一個元辰宮的形象，這可以是一座宮殿、一個花園或任何代表內在世界的場所。觀察這個空間的細節，如顏色、形狀、氣氛等。最後，對於在元辰宮中觀察到的一切進行深入的反思和解讀。

尋找導師

在台灣和香港，有幾位專門教導觀元辰宮的老師和機構：

台灣：
- 莊子霈老師 - 提供觀元辰宮相關的服務和教學。
- 天南星命理諮詢中心 - 由陳念珍老師創辦，提供觀元辰宮和其他命理學術課程。
- Mina老師 - 擁有多項心靈療癒相關的認證，提供觀元辰宮服務。

香港：
- New Moon Spiritual - 提供元辰宮課程，由陳筠妍老師教授，她是由絲雨老師在香港認證的第一位元辰宮高級執行師。
- 福德堂 - 同時提供線上代觀元辰宮服務，由經驗豐富的師兄師姐們進行調理。

元辰宮的真實性

元辰宮這樣的事物，是真是假，筆者親自驗證過，是真的。為了撰寫這本書並改變運勢，筆者親自試驗了元辰宮是否真有其效。筆者首先找了一位師傅進行觀察，她為筆者撰寫了報告，並整理了筆者的元辰宮。兩個月後，筆者又找了另一位師傅進行進行觀察，這位師傅表示筆者的元辰宮狀況非常好。正常情況下，如果是騙子，他們一定會把你的元辰宮描述得很差，然後讓你付錢做一些法事之類的。而筆者找的這兩位師傅都是香港非常有名的師傅。舉例來說，第一位師傅的弟子預約需要一年的時間，這個情況嚇走了不少客人，但她也不在乎，因為生意多到忙不過來。

第一位師傅報告如下：

1. 元辰生肖：豬
2. 元辰形態：男性/年約70/頑固石化的氣場/逃避/隱藏/內向/膽怯/缺乏自信/懶惰/不守信
3. 房屋規模(財富資產規模)：風吹雨打/房屋只有三面牆/正面無門無牆/像玩具屋一樣/當風當雨/凌亂不堪/七零八落
4. 客廳明堂(事業、前途、發展)：前世業力/以權謀私/打龍通/扯貓尾/偽造文件/從中獲利
5. 神明廳(守護神、祖先)：無守護神/無祖先在位
6. 臥室(姻緣、感情狀況)：前世業力/要仔唔要嫲
7. 廚房(財運、賺錢能力)：影像參差/像拼圖一樣缺少了很多塊
8. 米缸(福報)：空白無米
9. 水缸(儲蓄、收入)：水管破裂半天吊
10. 書房(事業運、升遷運)：N/A
11. 奴僕園丁(職場權勢、生活品質)：N/A
12. 花園(人際關係)：一堆亂草/無正式花園
13. 氣場、負能量：黏在椅子上的氣場

第二位師傅報告如下：

1. 地面：鋪草
2. 本命樹：剪雜車、除蟲
3. 廚房(工作運)：廚具清洗、加食材
4. 貴人椅：3張
5. 財寶箱：銀寶3個
6. 水缸(流動)：維修、注水80%
7. 米缸(聚財)：常滿
8. 大廳(灰塵)：請觀音、供水、五色果及鮮花，清潔大廳

9. 冤親債主：/
10. 姻緣宮（感情）：鮮花
11. 元辰燈（精神能量）：換灯蕊、洗灯及加油
12. 補運：貴人扶助
13. 書房/工人：女兒房放富貴竹6枝，花園種「松柏」、睡房換床鋪、開窗

第一份報告描述了一個負面的形象，包括財富、事業、家庭和人際關係方面的問題。例如，它提到房屋只有三面牆，暗示財富資產不穩定；客廳明堂的描述涉及前世業力和不正當行為；而臥室和廚房的描述則暗示感情和財運上的缺失。經過第一位師傅整理後，相比之下，第二份報告提供了一些積極的建議，如本命樹的照顧、廚房的整理、財寶箱和米缸的充實，以及大廳的清潔。這些改變都反映在第二位師傅的觀察中，他認為筆者的元辰宮狀況非常好。

在此我引述了墨西哥Centro Peninsular en Humanidades y Ciencias Sociales的學者Antrop. Daniela Maldonado Cano於2005年的論文作結。她提出了一個引人深思的問題：人類的生活狀態，究竟是天堂般的恬靜，還是地獄般的煎熬？實際上，這一切都取決於我們靈魂在元辰宮的狀態。如果我們的靈魂所在之處如同煉獄般的痛苦，那麼，我們又如何能夠活得像在天堂一樣呢？

編者按：高我，又稱為高等自我或大我，是指每個人內在的真實本質，是我們最純淨、最有智慧、最有愛的部分。詳見「3.7.連接高我：你的高階靈魂。」

2.5.
阿西卡傳統：前世神秘力量改變命運

　　阿西卡傳統，或稱阿卡西紀錄（Akashic Records），是一種廣爲人知的靈性概念，被視爲宇宙的記憶庫。這些紀錄存在於時間和空間之外，記錄了每個靈魂的過去、現在、未來的所有經歷。阿卡西一詞源自梵文「阿卡莎」（ākāśa），意味著乙太或空間，在許多東方哲學中，乙太被視爲物質世界存在的基礎。

宇宙的圖書館

　　阿卡西紀錄被認爲是一種精神層面的圖書館，其中包含了所有靈魂的歷史和經驗。這些紀錄被認爲是非常私人和深奧的，只有在特定的靈性狀態下

才能訪問。許多靈性導師和通靈者聲稱能夠訪問這些紀錄，以幫助人們了解他們的過去生活，並從中獲得洞察力來改善當前的生活狀況。

在某些靈性傳統中，人們相信阿卡西紀錄中的信息可以揭示個人的業力（Karma），這是指個人行為的因果律。業力被認為會影響一個人的命運和未來的生活。因此，通過理解和解決過去生活中的未解之謎，一個人可以釋放負面業力，從而改變自己的命運和未來的路徑。在神秘學和某些靈性傳統中，人們相信通過阿卡西紀錄的洞察，可以了解自己的生命目的、靈魂的學習課題，甚至克服重複的負面模式。這些紀錄不僅記錄個人的過去和現在，還包括未來的可能性，但這並不意味著命運是不可改變的。相反，它們顯示了基於當前行動和決策的潛在結果，意味著個人擁有改變未來的自由意志。

科學與靈性的交匯點

阿西卡，這是西方傳來的改運方法，當然經得起科學驗證。在University of California, Los Angeles取得物理博士學位的Fred Alan Wolf在2016年試圖將古老的阿卡西紀錄概念與現代物理學中的量子場理論相結合。論文中的主要觀點是，心靈或靈魂可能是一種信息場，這可能就是古人所說的阿卡西紀錄。這位學者推測，雖然沒有物質對象能夠以光速或更快的速度運動，但心靈或靈魂存在於一種PATH狀態，這種狀態通過想像中的具有虛擬質量的對象——快子（tachyons）——與比光速慢的「真實」物質進行交互和創造。這種PATH與物質場的交互導致了物理世界的形成，以及我們所知的心靈/生命力的主觀體驗。這個理論與前文提到的阿卡西紀錄有關，因為它提供了一種可能的解釋，即如何通過超越物理世界的信息場來存取和影響個人的經歷和業力。這種信息場的概念與阿卡西紀錄中記錄靈魂過去、現在和未來經歷的想法相呼應。此外，這個理論也試圖解釋心靈如何與物質世界相互作用，這是許多靈性傳統中探索的主題。

Ashley Wood 在其2022年著作中提到阿卡西紀錄是一種宇宙的記憶庫，記錄了每個靈魂的過去、現在和未來。萊莎還強調，任何人都可以學習如何

讀取阿卡西紀錄，只要有意願和需要。她亦認為阿卡西紀錄不僅僅是一個記錄過去和現在的資料庫，它還揭示了未來的可能性。又，阿卡西紀錄可以幫助人們清晰地看見他們的靈魂藍圖，並從中汲取靈魂力量。另外，阿卡西紀錄是一個動態的場域，隨著靈魂旅程的發展而持續擴充。

領主、守護靈和阿卡西解讀：
靈性概念的三個相互關聯的概念

筆者將在此分享了一個案例，解釋領主、守護靈和阿卡西解讀是指宗教或靈性概念中的三個相互關聯的概念：

- ●領主：領主是一個統治者或領袖，通常在宗教或神話中具有神聖地位。在一些宗教信仰中，領主被認為是神或神明，他們擁有絕對的權力和控制。在基督教中，上帝被認為是至高無上的領主，而在其他宗教或神話體系中，也有類似的統治者角色。領主通常是信仰體系的核心，為信徒提供引導和庇佑。
- ●守護靈：守護靈是一個神秘的存在，被認為是保護和引導個人的靈魂。守護靈可以是神、天使、精靈或其他超自然存在。它們的主要目的是幫助和指導人們度過困難時期，並在靈性道路上提供支持。在一些信仰中，每個人都被認為有一個守護靈，他們在生活中起著重要作用。
- ●阿卡西解讀：阿卡西解讀是一種神秘主義的概念，指的是存儲在宇宙中的所有知識和信息的庫。阿卡西記錄包括了過去、現在和未來的所有事件，以及每個靈魂的歷史和經歷。通過讀取阿卡西記錄，人們可以獲得對自己和他人的深入了解，並獲得關於生活和靈性道路的指導。

這三個概念之間的關係在於它們都是宗教或靈性信仰中的重要元素，它們相互影響，共同塑造了信仰體系。領主作為神聖的統治者，為信徒提供庇佑和指導；守護靈則是個人層面的引導者，幫助人們在生活中作出正確的選擇；而阿卡西解讀則提供了更廣泛的知識和智慧，幫助人們了解自己的靈性本質和命運。現在看看一個阿卡西記錄解讀員分享的經典案例：

我是阿卡西記錄解讀員，這次提供的是我一位客戶提供的阿卡西紀錄，也感謝我這位朋友願意提供資料給大家參考。

這位客戶過去請他人占卜有關愛情的事情中，總是不準或者不如預期的狀況；使他困惑不知道該怎解，後來便找上阿卡西紀錄的解讀服務，想要了解更多的緣由。

我今年何時交到女友？

親愛的靈友，您好，我們是紀錄領主們。您今年主要會著重在工作方面的成長，尋找靈魂伴侶的過程，是人生的議題，我們曉得，過往的自我與業力阻擋著，你透過一切緣由去取得資訊，是自我的制約，也是累世的情緒與因果；我們曉得，你可能在靈魂自我意志中，選擇放棄愛情，專注在修行與家庭的課題中，急不得解法，因這乃是你選的路。用心面對課題，親愛的朋友。

看來找到原因了，原來是因為累世的因果與業力，以及過去自我下了一些制約，導致現在的自己始終沒辦法精準地得到幫助，而且這份的資訊中，也有提醒到這世可能要專注修行與家庭的問題之中。

我今年底前，副業的財運是否能衝起來？

親愛的，您一直都有許多副業可以選擇，沒有好壞，是興趣，也是人世辛勞，客觀講，在可行的世界中，普普的機率最大，其次是增長，再來才是衰退；沒有絕對的因果，世間時宇皆會隨著眾人的意志而變動著。願你接納未來的結果。

阿卡西紀錄是一個會變動場域，意味著有許多平行世界的可能性等等，領主們進入到雇主的紀錄中觀察可能的答案，並且提供最有可能的結果，來回饋給雇主。不過對方的回應是，最近剛賺了一筆大錢，所以對這個結果感到質疑，個人推測，這份資料是到年底的狀況，所以運勢

大概即將轉變了。

我需不需要注意凶險？

親愛的靈性朋友，您好，您在意工作或人生中的凶險，我們也在紀錄的世界中，看到不同的因果，您不同世界中。有的您早已離開低維度，前往不同的世界繼續修行，也有長命至九十大歲的人生。也許你擔心難關，法律，人性或不幸之事，但本是人生該選擇的路程，別擔心，你周圍的眾生皆會適時地提醒你，引領直覺帶來的機會，逢難化緣，緣成行道。

阿卡西記錄不是單一的時間線，祂是整個宇宙的歷史儲存的地方，意味著，如果過去你曾經差點發生凶險的事情，有可能其他世界的你已經不幸遇難，轉去其他世界繼續輪迴。個案擔心在事業或者平時會遇到災難，特地來詢問，領主們則表示，平常可能要多注意車輛的狀況，事業的部分，則可能會有法律的糾紛，抑或是遭到他人陷害等等，要特別注意。

除了請師傅代看阿卡西紀錄外，讀者也可以透過以下網上YOUTUBE視頻自學觀阿卡西，包括：

●Sol Journey：他們的影片名稱為「阿卡西記錄解讀～您的前世和今生的主要課題」，這部影片專門解讀阿卡西紀錄；
●河流身心靈療癒誌：他們的影片名稱為「當下初心─顯化阿卡西記錄的療癒指引卡」，這部影片提供了阿卡西紀錄的療癒指引卡和相關的教學。

阿卡西紀錄作為宇宙記憶庫，提供了一個可以解讀個人過去、現在和未來經歷的靈性工具。通過對這些紀錄的研究，人們可以理解自己的業力，進而改善當前生活並影響未來命運。中華台北雲林縣的私立正心高級中學鄭丞劭教師於2019年的碩士論文是探討如何運用阿卡西記錄的資訊，並借助Markov decision process進行人生抉擇。然而，此理論深奧難懂，故在此不作詳述。

2.6.
人生藍圖策劃：目標設定與心靈成長

　　在我們出生之前，我們的靈魂就已經規劃好了一個人生藍圖。這個藍圖包括了我們的性格、特質、家庭背景、重要人脈及資源等，所有這些都是為了讓我們在今生中體驗特定的課題和發展方向。

人生藍圖與阿卡西解讀：兩種探索靈魂歷程的工具

　　人生藍圖與阿卡西解讀都是探索個人靈魂歷程和生命目的的工具，但它們在概念和應用上有所不同。人生藍圖通常指的是一個人在出生前就已經設定好的生命路徑和目標。這包括了性格、特質、家庭背景、重要人脈及資源等，這些都是為了讓我們在今生中體驗特定的課題和發展方向。人生藍圖強

調的是靈魂在物質世界中的體驗和學習，以及如何通過這些經歷促進靈魂的成長和進化。

阿卡西解讀則是指通過接觸阿卡西紀錄——一種被認為記錄了每個靈魂過去、現在和未來所有經歷的宇宙資料庫——來獲得關於靈魂歷程的洞察。阿卡西解讀不僅涵蓋了個人的靈魂經驗，還包括了所有生命體留存下來的智慧。它提供了一種從更高維度看待生命中的情況的方式，幫助人們理解他們的靈魂使命和生命中的挑戰。

兩者的相同點在於，它們都是幫助個人理解自己的生命目的和靈魂課題的工具。它們都強調了靈魂的成長和進化，以及個人在生命中的經歷對於這一過程的重要性。而不同點則在於，人生藍圖通常被視為一個預先設定的計劃，而阿卡西解讀則提供了一種動態的、可以隨時更新和擴充的視角。阿卡西解讀強調的是靈魂的自由意志和選擇，以及如何利用這些選擇來影響和創造自己的命運。此外，阿卡西解讀還能提供來自靈魂層次的智慧和指引，幫助人們在面對挑戰時獲得必要的支持和力量。

靈異界對人生藍圖的觀點

在靈異界的觀點中，人生藍圖不僅是一個預先設定的生命路徑，它也是一個靈魂成長的機會。我們的靈魂選擇這個人生，是為了學習特定的課題，發展某些品質，或是為了與特定的人相遇。

在靈異界中，靈魂被認為是多維度的存在。這意味著我們的靈魂不僅僅存在於我們所知的物理世界，它還存在於其他維度和實相中。這些多維度的經歷豐富了我們的靈魂，並對我們的人生藍圖有深遠的影響。靈魂通過不斷的學習和經歷，逐漸進化和升級。每一次的人生經歷都是靈魂進化的一部分，無論是喜悅還是挑戰。這個進程使我們更接近於靈魂的本質，並提升我們的靈性覺知。我們每個人都是某個靈魂家族的一部分，這個家族由許多有著相似振動頻率的靈魂組成。我們與這些靈魂有著深厚的連結，並在多個生命中與他們一起學習和成長。靈魂小組則是在每一世中與我們一起工作的靈

魂，他們支持我們完成人生藍圖中的任務。

以下是一位台灣網友分享自己的人生藍圖：

我這一世是第一次到地球，創造屬於自己的紀錄，也就是阿卡西紀錄。為了想要先了解地球跟人類，我讀了大約五個阿卡莎紀錄。我記得的情況是，一本書有封面，寫著大致的條件。比如：地區、年代、性別。好像就沒了啊。想知道更多嘛？那就自己親身去體驗吧！一旦把書打開，就表示你要「看」這本書了，也就是你要去經歷這個紀錄。

我之前身為一個工作站的操作員，是非常具有實驗精神的。所以我把條件都限縮在「男性」，盡量減少變因啊！我忘了之前的阿卡莎紀錄裡到底遭遇了甚麼事，大概都被女生傷害吧，於是業力就開始作用。

我要求這一世身為女人。因為我想知道女生到底是什麼想法。但是，對不起，老娘活了幾十年，跟女生還是無法良好溝通。不過有稍微了解他們的溝通模式啦，算是一種收穫。而我又要求折磨這個女性身體，反正是身體是物質受傷害，又不是靈魂。有好多高靈在旁邊勸阻我，但我不肯聽。所以我設定，如果真的痛苦，是有機會可以把這個設定清除的。

在下來之前，就已經先做了這種設定。等我三歲半的時候，我又做了更多進階的設定。包括沒有累世業力還有未來的對象設定。而且下了一個更嚴重的設定就是：三歲半時的設定，因為會造成人生痛苦，所以上天不能讓我自殺，否則一切白費。而這一切不能因為我的懦弱而更改，必須如實執行。這人生有多少白目事件跟痛苦，在此省略。我設定了這個女體必須遭受到數不清的性騷擾甚至性侵害。嗯哼，既然是壞的人生藍圖，又何必做這種設定呢？因為這是自由意志區。

大約四、五歲的時候，我的「高我」一直無力感的碎念我。我記得以前會自己在腦子裡想著，不要再吵了，你們也沒辦法改變什麼！想走就走吧，我不會強留你們。所以我沒有「高我」後來到了可以改變的時刻，就是利用SRT（Spiritual Response Therapy）。先是利用SRT清除以前那些奇怪的設定，並給我一群新的，較有能力的「高我」，以協助我解決種疑難雜症。後來是在某年生日，還沒下來前上天答應我觀音會來送我生日禮物——擴大療癒。這些都幫助我很多。

從小時候起，我就一直是越區就讀的學生。從小學一年級起，我就獨自搭乘公車上學。那時候，沒有捷運，公車上經常遇到變態。去看演唱會的時候，我甚至遇到了一個變態在我身後射精。清晨去車站的路上，也會看到一個男子在自家公寓一樓，門沒關的情況下，露出生殖器。放學時，我和同學走在熟悉的小巷裡，也曾被變態抓住手，詢問我是否看過他的生殖器。甚至在擔任老師的時候，也遭遇到同事的性騷擾。遇到校長評鑑的時候，學校卻想將此事掩蓋。

另一個經歷是某校的主任的丈夫是民選的小首長。他拿到我的電話後，猥褻地對著他的秘書和村幹事等男性微笑。由於不知如何拒絕，我找了一位當地的家長女委員陪伴。她告訴我不要理他們就好。然而，後來我選擇不理他們，卻接到17通電話，甚至對方更換了號碼繼續打給我。那段時間，我已經有了與天堂交流的能力。我收到的訊息是，如果我去了，他們會灌醉我，然後輪姦。

由於SRT清除了這個設定，即使相似的事件仍然發生，但結果卻大為不同。接下來，可能還會有一次集體強姦的事件。但由於SRT已經解除，我一直在積極地避免事情的發生。

這就是人生藍圖！

前幾個禮拜，我一直在與天堂討論，該接受什麼樣的人生藍圖，為什麼要努力提升人類的頻率，以及累世業力到底是好還是壞。對於那些從地球內部協助改變的靈魂，他們是否應該擁有累世業力的存在等等問題。然而，他們告訴我，我想得太多了。我不需要「盡可能」地去協助或提升人類（當然，這是指個體的某部分，而非全部）。他們只需要這些靈魂「存在」就可以了。自然地存在，能夠做出改變的就去改變，能夠影響的就去影響，但不要有業績壓力。

事實上，很多靈魂都在努力地影響和改變。因此，未來的地球將會有所改變。邪惡的將變得更加邪惡，良善的則有機會提升。其實，並沒有所謂的「新地球」。地球就是地球。所謂的「新地球」只是指那些已經提升靈魂的去處。但實際上，那是另一個地方，而非地球這個星球。

天堂不會以他們的角度去干涉靈魂訂定的人生藍圖。他們會給你建議，會尋求你的同意，會尊重你的決定。靈魂可能尚未理解天堂的建議，但最終都會明白。然而，每個人都要承擔自己的業力。「個人做業，個人擔」，當初設定了什麼，就要自己去承擔。抱怨命運不公，該怪的其實是自己的靈魂考慮不夠周延。天堂也不會無情到不讓你做任何改變。只要你願意給自己機會，一切都可以改變。

唉，只要你不像我這麼固執就好了。我都已經屈服了呢！

很多人把阿卡西和人生藍圖混為一談，筆者認為確實兩者相同之處甚多，特別是出生前靈魂早就對這個今世人生有規劃，唯人生藍圖較著重升級靈魂。人生藍圖是我們靈魂的計劃，而高我則是我們靈魂的核心和本質。我們可以透過與高我的連結來更好地理解和實現我們的人生藍圖，因為高我擁有更高的覺知和智慧來引導我們走在人生的道路上。分別則在於，人生藍圖更多地關注於人生的具體計劃和經歷，而高我則是一種更深層次的自我認識和靈性實現。通過與高我的連結，我們可以超越人生藍圖中的限制，達到更

高的自我實現和靈性覺醒。

筆者按：靈性反應療法(Spiritual Response Therapy，簡稱SRT)是一種靈性療癒方法，它在靈魂層面上工作，以釋放負面程式。這些負面程式被定義為影響你生活的問題或症狀的根本原因。SRT直接與潛意識合作，並允許直接訪問個人的高我(High Self)來尋找並移除負面程式。SRT的目的是幫助人們擺脫那些使他們陷入自我挫敗模式的障礙。例如，有些人渴望成功，但內心深處可能不覺得自己配得上成功。有些夫妻希望擁有美滿的關係，卻總是吸引到充滿衝突和爭執的關係。許多人想要更好的健康，但不知道如何實現。這些障礙往往來自靈魂本身的能量。SRT就是在靈魂層面上釋放這些障礙。

編者按：由於篇幅所限，有關生命藍圖的深入科學論證，將會在後續的「5.10. 未來方向指南：算命幫你掌握人生轉捩點和未來方向」中詳細展開。

2.7.

神聖領域：打造神明眷顧的家

在全球許多宗教和文化中，請神明入屋都是一種重要的做法。進行這種神聖的儀式時，我們必須恪守規範，絕不能隨意妄為。這種儀式的重要性，可以從兩位學者的研究中得到體現。

神聖儀式與社會禍福

湖南省汨羅市屈原紀念館的副研究員劉石林在2013年的研究中揭示，在漢代時期，南楚地域經常遭受各種非常態的天災人禍的蹂躪。這種情況原來與當時的請神儀式過於粗糙、簡陋有著密切的關係，因此未能得到神明的庇護。

另一方面，中央研究院民族學研究所的副研究員丁仁傑在2012年的研究

中揭示，在台灣西南部的保安村，2010年曾經發生了一連串的離奇死亡事件。這些事件如同鬼魅般的存在，讓村民們生活在恐懼之中。然而，當他們決定請神降福，祈求神明的庇護後，這些離奇的死亡事件終於得以終止。

神聖儀式的多元形式

除了請神明入屋外，還有其他多種方式來請求神明的保佑和護佑。以下是一些常見的做法：

- 商業場所：許多商家會在店鋪或公司設立神壇，進行定期的祭拜，以祈求生意興隆和財運亨通。
- 車輛：車主可能會在新車購入後進行祝福儀式，請求神明保佑行車安全。
- 辦公室或工作區域：在工作場所設立小型神壇或擺放宗教象徵物，以求工作順利和事業發展。
- 學校或教育機構：在學校設立神壇或進行祈福活動，希望學生學業進步和校園平安。
- 全球宗教的祭神儀式

各國各宗教祭神儀式是各大學生喜歡的研究題目，舉例說，黎姵慈於2020年的碩士論文便是研越南的祭神儀式。如今，我們將探討其他宗教的祭神儀式：

- 道教：通常會進行「拜四角」儀式，這是一種傳統的入居儀式，旨在祈求土地神明的保佑和家宅平安。儀式包括準備祭品，如水果、有殼花生、糖果等，並在家中四個角落及中心點擺放，然後點燃香燭，進行祭拜。
- 佛教：佛教徒可能會在家中設立佛壇，進行供奉和祈禱。他們會點燃香薰，念誦經文，並向佛像或佛教聖物獻上鮮花和食物，以此來淨化空間並請求佛陀和菩薩的庇佑。
- 基督教：基督徒可能會舉行祝福儀式，邀請牧師來家中進行祈禱和祝福。這包括讀經、唱詩歌和灑聖水，以祈求上帝的保護和恩典。

- 印度教：印度教徒會進行「Griha Pravesh」儀式，這是一種入居新居的儀式。儀式包括燃燒香料和草藥，進行火祭（Havan），並在家中各處散播聖水和花瓣。
- 伊斯蘭教：穆斯林可能會在家中進行清潔，然後朝著麥加方向祈禱。他們會念誦《古蘭經》中的經文，以求得真主的祝福和指引。
- 猶太教：猶太人在入住新居時，會掛上「梅祖扎」（Mezuzah），這是一個含有《申命記》經文的小卷軸，通常放在門框上。這代表了上帝的保護和家庭的神聖性。
- 錫克教：錫克教徒在新居中會進行「Ardas」祈禱，並朗讀《古魯格蘭特》的經文。他們會在家中設立一個小祭壇，供奉古魯的教義。
- 神道教：在日本，神道教徒會進行「神入れ」儀式，邀請神明進入家中。這通常包括淨化儀式，如撒鹽和使用神聖的榊葉進行祈禱。

鼠尾草與聖木的淨化力量

如果您並未信奉任何宗教，您可以選擇燃燒鼠尾草和聖木作為淨化空間和個人能量場的方式。這是許多文化中的傳統做法，這些植物被認為具有強大的淨化功能，能夠消除負能量，帶來正能量和好運。

- 白鼠尾草，長期以來被用於淨化空間和個人氣場。它的燃燒產生的煙被認為可以驅散負能量，淨化物件和空間。在淨化儀式中，鼠尾草的煙會被用來煙燻需要淨化的人事物，從而帶來心靈的平和和頭腦的清晰。
- 聖木，或稱秘魯聖木，主要產自南美洲，也被廣泛用於淨化和療癒。它的味道比鼠尾草柔和，燃燒後的香氣被認為可以提升情緒，並且對於尋求心靈平靜的人來說特別有益。聖木的淨化力被認為比鼠尾草更強，因此它們通常會交替使用以達到最佳的淨化效果。

在燃燒鼠尾草時，煙霧的顏色變化會被視為能量淨化過程的指示器。例如，煙霧從黑色變為白色可能象徵著負面能量的清除和正面能量的增強。黑色煙霧可能表示存在較重的負能量，而當這些能量被淨化後，煙霧會變淺，最終變成白色，象徵空間或個人的淨化。多個天主及基督教家庭向筆者求

助,他們感到家中存在大量陰氣,但道教師傅教那些燒符他們不接受。於是筆者便拿鼠尾草上門燒,某些位置例如主人房間真的會冒出大量濃烈黑煙,等超過一小時才開始有灰煙,兩小時後全屋才能燒到白煙。

對神的敬畏和尊重

關於請神入屋的真人真事有很多。本次筆者引用《三國演義》第83回作為例子:關興追擊敵人潘璋至山谷,卻迷路。在一莊上求食,發現莊主供奉其父關公像,興感動而拜。夜深,潘璋也來莊求宿,此時,關公神像顯靈,關公形象出現,潘璋驚恐而逃,但已被關興斬殺,以其心血祭祀關公像。關公的顯靈,使關興成功報仇。

本文將以香港大學人文社會研究所畢業的謝孟謙博士於2022年發表的學術論文作結。我們在生時,應當虔誠地向神祈禱,而在死後,更應該向神祈求破除地獄之苦,這就是我們一生對神的敬畏和尊重。這種敬畏和尊重,不僅體現在我們的行為上,更體現在我們的心靈深處。

2.8.
參拜廟宇：拜神指南

在筆者納迪葉的解讀中（詳見本書章節5.7.），印度師傅告訴筆者要經常到不同的廟宇。他們認爲，我的靈能可以有效地接受各神靈的祝福，使得我的內心深處感到無比愉悅，充滿著莫名的喜悅，難以言喻。每當我踏進廟宇，仿佛融入了神聖的氛圍中，那種濃郁的宗教氣息深深地感染著我，讓我感到身心愉悅、神清氣爽，難以忘懷。

廟宇的選擇

哪一所廟宇靈驗，這個網上有許多資料可供查詢，包括開放時間、地址等詳細資訊。對於拜財神是否能夠帶來財運，以及哪位財神最爲靈驗，目前並無學術研究能提供確鑿的證據。然而，長庚科技大學的助理教授劉芳妤博士在其2018年的碩士畢業論文中，進行了一項獨特的研究，探討台灣的各大財神庫透過發行信用卡所獲得的收益。確實，對於拜財神是否能帶來財

運，我們並無科學實證可供參考，但是，財神庫的盈利情況卻有大量的學術統計數字作爲佐證。

除了到廟宇上香祈福外，還有許多其他事情可以做，包括爲符咒開光和求簽，這些都是可以改變自己命運的方式。

符咒

爲符咒開光是宗教中一種重要的儀式，其主要目的是賦予神像或符咒神聖的力量，使其具有更強大的力量，能夠爲信徒帶來好運。開光儀式通常由寺廟中的高僧或道士主持，透過儀式的祈禱和法器的加持，使得符咒充滿神聖的力量，成爲一種強大的護身符，能夠保佑信徒平安順遂、遠離災厄。法師會進行一系列的儀式，包括唸咒、畫符、點化等，以賦予符咒神聖的力量。這個過程中，法師會用毛筆沾雞血及硃砂混成的液體施法並畫符令於鏡子上，並帶至陽光下向天畫寫開字後，利用符鏡引聚陽光並將陽光反射到擺在天台上的神像，表示把天地靈氣匯集於神像身上。

開光儀式是免費的。你只需要將符咒帶到廟宇，尋找道士的幫助，他們會樂意爲你進行開光，而且不收取任何費用。這是廟宇的一項服務，旨在幫助信衆獲得神聖的加持和祝福。雖然開光儀式被視爲學術殿堂的深奧學問，例如在崑崙玉泉殿的二郎神廟，游六玄以住持的身份，其碩士論文的研究焦點僅限於開光點眼儀式。同樣地，中國道教嗣漢天師府的葉佳仁，其原奏職法師的碩士論文，也只是專注於關聖帝君神像的開光儀式。然而，這些學術的複雜性並不需要被普羅大衆所過度重視，他們完全可以自行進行開光儀式，無需深陷於這些學術的繁複之中。

自行開光最簡單的步驟是在香爐上以左手持物品順時針方向轉動三圈。這個動作不僅是儀式的一部分，更是一種象徵，代表著引入正能量並注入待開光物品的意義。這種轉動象徵著宇宙能量的流動和轉化，而左手的使用可能與接受能量的概念相關，而順時針方向則與增進、擴大和正面增長的概念

相符。在進行這個動作時，保持專注和虔誠的心態至關重要，因爲這有助於確保能量的純淨和強大，從而使開光效果達到最佳。

若讀者無暇親身前往求取符咒，網絡上存在諸多販售開光符咒之商家，且可參考專業師傅親自開光的視頻見證。若論符咒的購買之處，實則價廉物美，可尋覓一些聲譽良好的店家即可。

在尋找符咒的購買之處時，我們都希望能找到價廉物美，且聲譽良好的店家。在這裡，我誠摯地推薦您前往黃大仙廟眞善美蓮姐香檔2號。該店不僅提供了各種高品質的道教符咒和祈福用品，更重要的是，他們的服務態度親切，讓人感到賓至如歸。在我年少時，我曾有機會前往香港黃大仙廟求得下下簽。當時，我誤信了他人之言，以爲只要燒掉金紙就能解決問題。然而，當我到達2號檔時，我遇到了店主偉哥。他慷慨地提供了免費的金紙，讓我深深感受到他的善良和熱情。在偉哥的店裡，我購買了「貴人符」和「斬殺小人符」。這兩種符咒都只需港幣$10，價格相當實惠。

關於符咒的選擇，則視乎個人需求而定，一般人所追求的核心範疇包括健康、學業、姻緣和財運等四大方面。當然，還需考慮到您的個人命理八字情況。舉例來說，在本書章節「3.1.八字命理：天地人三才的五行運程分析」中，筆者得知自己命中多有「小人」之困擾，因此筆者也曾求得「斬殺小人符」以化解此類困境。除了一般的招財符、平安符、解厄符之外，以下我將介紹一些比較冷門的符咒。

1.引鬼入宅符：用於邀請靈體進入某個空間。
2.天羅地網符：創造一個保護網，防止不良力量進入。
3.化骨符：傳說中能使人骨化的強力符咒。
4.消除瘡腫符：用來治療身體上的瘡腫或腫塊。
5.旺店符：用於商業場所，增加客流和生意興隆。
6.售屋如意符：幫助房屋交易順利進行。

7.聚財符：集中財富，增加個人財務。

8.財水符：象徵財富如水般流入。

9.考運符：提升考試或測試時的運氣。

10.五雷符：用於驅逐邪惡和負面能量。

11.玄官定神符：穩定心神，提高專注力。

12.鎮宅符：保護家宅平安，避免災害。

13.官司符：用於法律訴訟，增加勝訴機會。

14.斬桃花符：切斷不良的感情糾葛。

15.豬哥符：用於避免或解決色情騷擾問題。

求籤

另一件需要到寺廟親身體驗的事情，當然就是求取神諭籤。您可以在網絡上搜尋相關資訊，很少有人會說任何一個廟宇的神諭籤不靈，只有評價它們是好靈、好準。據本人多年的經驗，心誠則靈。現列一些常見籤文：

●觀音籤：在觀音廟求得，用於尋求觀音菩薩的指引和幫助。

●黃大仙籤：在黃大仙祠求得，特別流行於香港，用於求得指引和預測。

●車公籤：在車公廟求得，車公被認爲是保護旅行者和駕駛者的神。

●呂祖籤：在道教廟宇求得，用於尋求呂洞賓的指引。

●城隍籤：在城隍廟求得，用於問事和尋求城隍神的保佑。

●月老籤：在月老廟求得，專門用於婚姻和愛情事宜。

●財神籤：在財神廟求得，用於問財運。

●文昌籤：在文昌帝君廟求得，用於學業和考試。

●關帝籤：在關帝廟求得，用於事業和正義。

●地藏籤：在地藏王廟求得，用於超渡亡魂和求平安。

●太歲籤：在太歲廟求得，用於化解太歲年的不利影響。

●福德籤：在土地公廟求得，用於家宅和土地相關的問題。

●媽祖籤：在媽祖廟求得，用於海上安全和遠行。

●三官大帝籤：在三官大帝廟求得，用於官司和法律問題。

- 五路財神簽：在五路財神廟求得，用於求財和生意。
- 孔子簽：在孔廟求得，用於道德和倫理指導。
- 神農簽：在神農廟求得，用於健康和醫藥問題。
- 玉皇簽：在玉皇大帝廟求得，用於求官運和晉升。
- 天后簽：在天后廟求得，用於求子和家庭和諧。
- 保生大帝簽：在保生大帝廟求得，用於健康和長壽。

很多讀者誤以為簽文可於網絡上尋找解釋，而不需尋求解簽師傅的協助，然而這是一個錯誤的觀念。事實上，上簽並不一定代表好事，下簽也不一定表示不好，絕對不可以隨意解釋。必須根據你所求的內容來進行解釋才能得到正確的結果。另一個誤解是很多人以為求簽時，只要一枝簽掉出簽桶，那就是神明所賜的。然而，這並非一定如此，有些廟宇還要看聖杯或勝杯。

在求簽的過程中，有兩個重要的注意事項。這些並未在網上公開，而是由香港黃大仙廟65號解簽檔檔戶妙尤居士親口告知本人。第一、每件事情只能求取一支簽，例如你問轉去A公司工作是否好，不能去了黃大仙求一支，又去文武廟求一支，這絕對是不行的，只有第一支是有效的；第二、若求到下下簽，不能只靠燒金紙就能化解，必須尋求解簽師傅的協助，因為下下簽並不代表一定不好，需要根據求問之事以及簽文內容來找到解決方案。

眾多讀者疑惑，網路求籤的準確性如何？至今尚無科學研究能夠釐清此一疑問，原因在於，求籤者通常會親自前往寺廟進行。再者，梁健倫於2016年的碩士論文中驗證，人腦的電波確實會對寺廟求籤的結果產生影響。因此，筆者始終主張，親自踏足寺廟進行求籤，才是最佳之選。

若讀者們有機會進行一次廟宇參拜，除了可以為符咒開光之外，最為理想的是能夠求得一支簽，例如詢問「流月」運程，更能從神明的啟示中獲得更多智慧。

2.9.
養鬼仔禁術：
祕法召喚與鬼神契約的禁忌之道

在這篇文章中，我想要明確地指出一點：我從未進行過所謂的「養鬼仔」之舉。然而，我曾目睹許多師傅利用這種方式來改變命運，同時也見證了許多人因此遭受報復。因此，我希望讀者能深思熟慮，切勿輕率行事。

養鬼仔的文化背景

在某些亞洲文化中，特別是泰國，有一種信仰認為通過養鬼仔(通常是指小孩的靈魂)可以帶來財富和好運。然而，這種做法也有許多爭議和風險。

首先，養鬼仔並非佛教傳統的一部分。正統佛教教義中沒有提倡這種做法，並且許多佛教徒認為應該幫助這些靈魂超渡，而不是將它們束縛在人

間。此外，有研究指出，養鬼仔可能會對個人的健康和運氣產生負面影響，因爲鬼仔需要吸取主人的陽氣來維持其存在。

如何養鬼仔

要改運養鬼仔，就需要先找到一個合適的鬼仔。一般而言，可透過求助於靈異高手或泰國和尙，他們可以通過法術、祈禱等方式，爲你找到一個適合你的鬼仔。找到合適的鬼仔後，需要在家中選擇一個安靜、陰暗的角落，設立神位，供奉鬼仔。神位上要擺放鬼仔的牌位、香燭、供品等，並經常爲其上香祈禱。

爲了讓鬼仔更好地爲你改運，你需要與其建立良好的關係。可以在每天晚上設定一個固定的時間，與鬼仔進行心靈交流，告訴它你的困難和需求。此外，還需要在心理上接受鬼仔的存在，與其融合，讓它成爲你生活中的一部分。

養鬼仔需要遵循一定的規則，如不可隨意擅改神位位置、不可對鬼仔起邪念，否則可能導致鬼仔反噬。同時，在神位前應保持清潔、肅靜，並定期爲鬼仔更換供品。在一些特定的節日，如清明節、中元節等，需要向鬼仔獻祭，以表達對其的尊敬與感激。獻祭的過程中，可以準備豐盛的食物、紙錢等，並進行祈禱儀式，以祈求鬼仔繼續保佑你的運勢。

學術研究

美國Georgia State University助理教授Megan Sinnott於2014年在劍橋大學出版社的科學論文中研究了「養鬼仔」的效用，她發現kumanthong（鬼嬰）雖然是無辜的，但同時也是強大且危險的存在。他們既是商品，又是伴侶，成爲家庭的一部分，但如果證明不滿意，可以被退回。他們可以與這個世界溝通，但他們並不屬於這個世界。他們的生命力驅動他們，但他們卻已經死亡。他們被迫爲守護者服務，如果供奉不當，他們可能會尋求報復，這使得他們成爲一種危險的精神存在。Megan Sinnott又發現，有些信衆將

kumanthong（鬼嬰）稱爲thep（天神）而不是phi或phrai（鬼魂）可以減少他們「養鬼仔」不安感。從某種意義上說，這淨化了與屍體和死亡相關的恐怖精神，並將精神降低到崇高的神靈層次。

筆者見證

基本上，「養鬼仔」是指追求財富和擁有所求。這種現象，我親眼所見。舉個例子，有些不學無術的人能夠富甲一方，大部分是依靠超自然的力量。某些公司每年或每季都選擇泰國作爲旅行目的地，就是爲了進行這些儀式。此外，有些女士爲了在短時間內吸引城中的富豪，甚至會求助泰國的師傅，將鬼仔放入下陰。所以，當你看到一些城中的富豪在幾個月內被女人騙取財富時，正是受到這種神力的影響。然而，一般人在得到所渴望的之後，往往忘記供奉這些神靈，結果遭受報復。以下是一位讀者的電郵求助：

在這個繁華喧鬧的都市中，我只是一個尋常的青年，渴望與人分享生活的點滴，尤其是與異性共享那些微小卻美好的時刻。然而，命運似乎總愛與我開玩笑，讓我在愛情的道路上屢遭挫折。

就在我即將放棄時，一位老友向我推薦了一種神秘的物品——「佛牌kumanthong」他說，這油中蘊含著不可思議的力量，能夠爲我的愛情之路帶來轉機。我半信半疑地接受了這佛牌，卻也在心中充滿了疑惑：這油中到底含有何種神祕成分？它真的能夠改變我的命運嗎？

按照指示，我開始了供奉儀式，每日奉上新鮮的生肉，希望能夠感動那些無形中的神靈。三日過去，我發現那佛牌中的紅眼似乎在注視著我，而最讓人不寒而慄的是，第一次供奉後不久，那塊牛肉竟然變得乾癟，就像被人吸盡了所有的精華。儘管如此，奇蹟似乎真的發生了。不出一週，我在一款交友應用上結識了一位風采綽約的女士。我們的相遇如同冥冥中注定，當晚便到了她的住處，並迅速發展出了超越言語的親密行爲。這段經歷讓我對於那罈神秘「kumanthong」的力量產生了更

深的疑問。

　　自從那晚之後，我便再也沒有繼續進行供奉。我開始反思，是否真的需要依賴這些外在的物品來改變我的人生？或許，真正的改變來自於我們自己的行動和決定。而那些所謂的神秘力量，不過是我們內心渴望改變的一種投射。

　　當我停止了供奉之後，門鐘無故的響起便成了一連串奇怪事件的開端。這些事件包括了門鐘在深夜無人觸碰的情況下自行響起，以及其他一些無法用常理解釋的現象。這些連續發生的事件讓我感到困惑，並開始尋找這些現象背後可能的原因。這個門鐘的響起，似乎與我停止供奉的行為有著某種神秘的聯繫。

　　原本只需將佛牌歸還給賣家即可解決，然而賣家卻堅決不願接受。於是，讀者轉而尋求泰國佛寺的幫助，但發現寺內的儀式繁複，讓人望而卻步。最終，筆者引薦了一位台灣的巫師。然而，由於篇幅所限，關於台灣巫師的神秘力量以及其科學證據，詳情可參考已故的中興大學特聘研究員林富士博士的學術論文。

2.10.
黑魔法詛咒：邪惡力量操控法庭

首先，我必須明確指出，我個人從未使用過所謂的「黑魔法」。然而，我曾目睹許多朋友利用這種力量來改變他們的命運，同時也見證了許多人因此遭受報復。因此，我強烈建議讀者深思熟慮，切勿輕率行事。

在前文「2.9.養鬼仔禁術：祕法召喚與鬼神契約的禁忌之道」，我提到了「養鬼仔」，這是東南亞地區一種極其神奇的方法。而在本章中，我要介紹的黑魔法則源於西方國家，這是一種獨特的改運方式。在魔法的世界裡，除了黑魔法之外，還有許多不同類型的魔法：

- 白魔法：又稱白巫術，主要是指對人有益處的魔法，能夠對人產生正面影響，或依靠神（未必是單一的神）的力量進行的魔法。
- 紅魔法：通常與火元素相關，代表熱情、力量和破壞力。
- 藍魔法：與水元素相關，象徵寧靜、智慧和治療。
- 黃魔法：與土元素相關，代表穩定、豐收和保護。
- 綠魔法：與自然和生命力相關，用於治療和生長。
- 紫魔法：與神秘和靈性相關，有時與預言和魔法防禦相關。
- 橙魔法：有時與創造力和變化相關。
- 粉魔法：常與愛情、和諧和情感治療相關。

網絡上充斥著許多關於黑魔法的使用方法，然而這些方法並不具備科學根據。本書以意大利University of Messina教授Giuseppe Muscolino在2015年於《International Journal of the Platonic Tradition》所提供的詳盡方法為基礎，我將其綜合並進行翻譯。

- 在進行惡魔的召喚之前，必須製作符號、字符或護身符，即與惡魔具有

特殊相關性、共鳴、魔法聯繫的物體或圖形。當符號或護身符被創造或設計出來時，就開始產生一種吸引力和連接巫師與神明之間的力量，同時也動用了支持魔法藝術的宇宙和星體力量，不論其目的爲何。

- 在構建符號和圖形或字符之後，巫師會穿上繪有相同符號或字符的黑色法衣，其功能是在巫師與惡魔之間創建力量的接觸。

- 在準備召喚地獄靈魂的過程中，通常需要建立一個圓圈，巫師和他的助手將在其中召喚邪惡實體。

- 用於準備符號、圖形和建立魔法圓圈的工具必須是全新的：符號的紙張或羊皮紙必須是原始的，工具之前從未使用過，因爲先前的使用可能會根據共鳴原則——即物質對象與相應的精神性質之間存在的聯繫——創造出一種紐帶或污染，這將阻止對象與被召喚的惡魔相對應。

- 儀式必須在與惡魔性質相符的特定日子和時間進行：通常在夜晚，可能在新月時召喚地獄靈魂。在錯誤的時間或日子進行召喚可能沒有任何效果，因爲靈魂不會出現，但甚至可能是危險的。

- 在這些準備之後，巫師開始召喚靈魂，稱呼它的名字，並命令它出現在他的視線前。即使在召喚惡魔期間，巫師也必須非常小心，既爲了操作的成功，也爲了自己的安全。事實上，如果儀式執行正確，地獄靈魂可以假扮成美麗的女人或男人，以激發巫師的色情吸引力並削弱他，或者他們可能以「所有動物的相似性」出現，以恐嚇巫師。如果儘管邪惡靈魂反復試圖嚇唬他，通靈者有能力召喚並支配他們，他們就會服從他並滿足他的要求，這可能包括爲這種魔法準備愛情藥水以綁定或性擁有某人，或者獲得一大筆錢，或者傷害某人，甚至知道未來。

- 邪惡惡魔——因爲他們的氣體身體或ochema-pneuma，構成了他們邪惡和非理性的本質，具有實質的厚度和密度——喜歡犧牲和犧牲受害者，因爲他們將用動物的血液和燃燒的脂肪的煙霧餵食和增厚他們的ochema pneuma。

以色列University of Haifa教授Saul Smilansky 於2020年發表了一篇科學論文，指出黑魔法引起了極大的法律爭議。在英美國家，雖然使用黑魔法

並不被視爲犯法，然而，黑魔法的濫用不僅僅是用於謀殺，還可能被用來詛咒仇敵無法康復、破壞家庭和平等。這一現象現象導致在這些國家中，卽使黑魔法被視爲不正當，卻在法律上沒有受到限制。芬蘭University of Turku教授Juha Räikkä於同年所發表的科學論文更強調政府應積極對抗黑魔法的使用，否則政府會被視爲黑魔法的支持者。

本書絕對不會指導讀者如何施展黑魔法致人於死。網絡上有許多自稱能夠使用黑魔法實現「感情復合」的師傅，我身邊有不少朋友成功地將他們的伴侶重新吸引回來，然而卻發現他們的伴侶變得像鬼一般，失去了人性的特質。在學術領域中，最多教授和博士研究的是如何運用黑魔法影響官司的判決。早在1976年，英國University of Sussex榮休老院士Dr Robin Luckham明確指出兩名案件證人被黑魔法所殺影響了審訊結果。2008年，德國Johannes Gutenberg-Universität Mainz民族學家Thomas Bierschenk教授透過科學實驗發現黑魔法對官司判決有著極大的影響，他的研究方法是在法庭施展黑魔法，繼而影響法官、律師、證人和疑犯的口供。許多律師看畢文章後，在社交網站Twitter上指出，他們感受到黑魔法的存在，這與研究結果相符。

2023年，University of Ghana高級講師Anamzoya, Alhassan Sulemana發表了黑魔法最新研究結果，她的研究方法是進行兩次口供，安排一批證人參與其中。一般來說，兩次口供之間不應該有太大的差異。然而，他們選中了一些特定的人，在第二次口供之前施展了黑魔法。結果，這些人所說的口供與之前的完全不同版本。

儘管黑魔法極爲有效，然而使用後果亦十分嚴重，讀者們務必深思熟慮。

筆者按：ochema-pneuma（χημα πνε μα）是一個來自晚期古典哲學的概念，特別是新柏拉圖主義中的一個概念。它被翻譯爲「靈魂的載體」，指

的是一種細微的身體或氣體形式，據信能夠承載靈魂從一個化身轉移到下一個。這個概念涉及到靈魂如何與物質世界相互作用，以及在不同生命階段中靈魂如何保持連續性。這個概念在基督教崛起後逐漸被遺棄，因爲它對於基督教來說不再有用，從而使這個概念進入了長達千年的沉睡。然而，這個概念在當代的哲學和神學研究中仍然是一個引人入勝的話題。

第三章

算命

3.1.
八字命理：天地人三才的五行運程分析

　　相信沒有一個讀者未曾聽過「八字算命」這個詞語。然而，筆者在尋找並咨詢了接近二十位的算命大師後，得出的結論是：八字算命似乎並無科學根據。然而，其中也有些地方是卓有成效的。在本章中，我們將先探討其理論，再從應用方面進行分析。

八字算命的起源與爭議

　　唐五代時期，有一位名叫徐子平的算命先生，提出了用生辰的年、月、日、時的干支共八字來推算命運的方法，由此批八字的算命方法逐漸興起。許多達官貴人都會找名相士來批八字，以預測自己的命運。然而，當時也有不少有識之士批評算命的虛妄。宋代的學者費袞在《梁溪溫志》中說：「生於同時者必不少矣，其間王公大人始生之時則必有庶民同時而生者，又何貴賤貧富之不同也？」八字算命術以八字推論命運，八字相同而命運各異，這套理論也就沒什麼意義了。可有人偏偏還要對此進行辯解。在《四柱預測學》中，邵偉華從方位、父母年命、兄弟姐妹年命、配偶年命、兒女的個數與年命、男女、面相手紋、骨相、祖墳房屋、遺傳基因、社會家庭環境、值班星球光點、信教與否等十三個方面解釋八字相同命運各異的原因，其結果恰恰是論證了「年月日時多不足憑」，既然有這麼多因素決定、影響人的命運，八字的作用還有什麼呢？

八字學的不可靠之處

　　筆者認為八字學最不可靠之處，在於其缺乏學術研究與討論。相較於之前提到的「2.10.黑魔法詛咒：邪惡力量操控法庭」，黑魔法已被科學驗證可改變官司結果。然而，八字學並未經過學科學驗證，因此其可信度值得懷疑。舉例而言，筆者曾咨詢二十位八字師傅，卻得到了各種不同的答案，如金木水火土等皆有不同的用神，因此八字學並不可靠，其用來預測天地人

三才的五行運程更是不可信。

八字學的準確性

根據筆者自行進行的學術研究發現，八字學僅在兩方面具有準確性，一方面是論及個體的性格特質，另一方面是關於健康狀態。根據八字命理，每個天干和地支都對應著人體的某個部位或器官。例如，天干中的甲對應膽，乙對應肝，丙對應小腸，丁對應心臟，等等。地支中的子對應膀胱，丑對應胞肚，寅對應手，卯對應指，等等。透過分析一個人的八字中的天干地支與五行的相生相剋關係，可以預測出該人可能的健康弱點和疾病傾向。例如，如果一個人的八字中木元素過旺，可能表示肝功能可能會有問題；如果水元素過旺，則可能需要注意腎臟相關的健康問題。此外，八字中的用神（即個人命盤中最為重要的五行元素）的強弱也會影響健康。如果用神被克，則可能表示健康狀況不佳。在截稿前，江西中醫藥大學中醫學院程佩博士發表了《從生辰八字看臟腑疾病——大數據時代命理健康研究》，科學角度論證這門功夫在中醫學領域的重要性和現代意義。程博士的研究以生辰八字為切入點，通過運用大數據技術，深入探討了中醫命理與人體臟腑疾病之間的密切關係。

八字學與現代科學的交匯

印度Halberg Hospital Research Institute學者Ram B. Singh與其他十九位學術權威於2016年發表了一篇震撼學術界的報告，確認出生時間對未來心血管疾病和糖尿病風險的影響。該試點研究涵蓋了100名20歲及以上的成年人，研究結果顯示，與白天(6:00至18:00)出生的受試者相比，夜間(18:00至6:00)出生的受試者的高血壓、高血壓前期和糖尿病以及糖尿病前期的發病率較低。白天的第二個季度(06:00-12:00)與增加的交感神經活動及其不良影響相關，而白天的第一個季度(12:00-06:00)與增加的副交感和低交感神經活動以及對胎兒、母親和新生兒的相應保護作用相關。在第二個季度出生的嬰兒可能會暴露於高濃度的catecholamines, cortisol, oxidative stress和inflammation中，而melatonin較低，這可能會損害後代的基因組和表

觀基因組以及其他組織，導致成年後期疾病的風險增大。然而，如果孩子在白天的第一個季度出生，這段時間與組織中acetylcholine, nitric oxide和antioxidants的增加濃度相關，這些物質對疾病有保護作用。簡單而言，在24小時日的第一個季度出生的嬰兒可能有較低的心血管疾病和其他慢性疾病風險，而在第二個季度出生的人可能在成年後期有較高的疾病風險。

印度Manipal College of Dental Sciences, Mangalore助理教授Dr. Shravan Shetty於2018年進行了一項深入的研究，發現許多舌癌患者並未有吸煙、酒精依賴、睡眠喪失等不良行為，也未有久坐的生活方式和食用垃圾食物的習慣。她提出，臨床醫生應該嘗試從出生年月日時等因素進行統計研究，觀察是否能夠發現舌癌的訊息，然而，科學上對此仍未有定論。

八字命理學與性格預測

在性格預測方面，八字命理學認為五行之間的相生相剋關係可以反映一個人的性格傾向。例如，五行中的金象徵著堅毅、果斷、嚴謹等特質。如果一個人的八字中金元素特別旺盛，可能表明他們在性格上更加堅強、有領導力，但也可能因為過於剛硬而容易與人發生衝突。

丹麥University of Aarhus學者Peter Hartmann於2006年開展了一項深入研究，探討出生日期與個性及智力差異之間的潛在聯繫。該研究涵蓋了兩個龐大的樣本群體，首個樣本群體由超過4000名參與越南經驗研究的中年男性組成；而第二個樣本則包含了自1979年起參與國家青年長期研究的逾11000名美國年輕成年人。研究結果顯示，出生日期與個體的性格特質有顯著關係，而和智力水平則無顯著相關性。

如何找到合適的八字師傅

讀者可在網上或手機上免費下載八字APP，以查看自己的八字命盤，並相應地制定應對策略。例如，筆者發現自己的「金」過旺，這意味著在生命中可能會受到小人的傷害。因此，在本書的第「2.8參拜廟宇：拜神指南」中提

到，可以購買相應的符咒來化解這種不利的影響。

如需推薦八字師傅，可透過本書所提供的收據聯繫該師傅。師傅會免費為您進行占卜，當然包括運程。至於占卜結果的準確性，則需由讀者自行掌握。希望這些修改能使您的文章更具結構性和流暢性。如果有其他需要，請隨時告訴我！

總結來說，八字預測未來的準確性有限，然而，在改善個人性格和促進健康方面卻具有莫大益處。此外，就連韓國大學的教授也在深入研究這門學問，並有下圖作為證明。

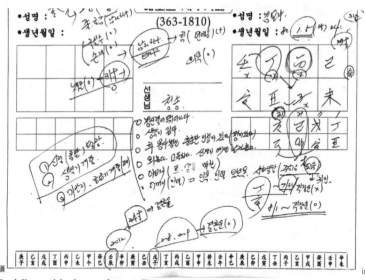

South Korean eight-character fortune telling.

3.2.

紫微斗數：星宿命宮的神秘天文預測

　　八字和紫微斗數，這兩種占卜方法都是中國傳統命理學的重要組成部分。它們同樣源於易經理論，但隨著時間的推移，兩者在呈現方式和論命依據上已經產生了顯著的差異。

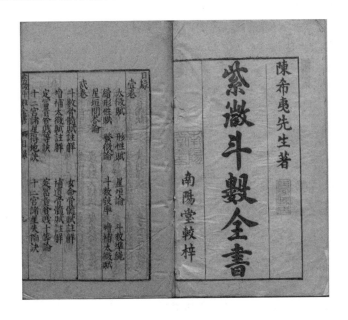

紫微斗數與八字：兩種不同的系統

　　紫微斗數與八字，雖然都屬於中國傳統命理學，但它們實際上是兩種完全不同的系統。在紫微斗數中，「對盤」是一種分析天盤、地盤和人盤這三個層面來預測命運的方法。這意味著，即使是同一「年月日時」出生的人，他們的命運也會有三種不同的可能性。

在傳統命理學中，八字能夠洞察人生的趨勢，但對於壽終之謎，它卻無法給出精準的答案。同樣的生辰八字，並不意味著集體的命運終結，生死各有天命，不會因為出生時刻的相同而同步劃上句點。然而，紫微斗數則以更細膩的天盤、地盤、人盤三重劃分，為同日誕生之人描繪出三種迥異的命運軌跡。通過對比這三個命運盤，紫微斗數能夠預見個體生命的重大轉折，甚至是預估命終的大運年份。

出生的年月日時對壽命的影響

確實，出生的年月日時對一個人的壽命有著不可忽視的影響。這一點，科學研究也有所佐證，顯示天時地利人和對人生旅途的影響深遠。芝加哥大學的資深研究科學家Dr. Leonid A. Gavrilov在2011年的研究中，確鑿地證明了出生的年月日時對人類壽命的影響具有一定的決定性作用。他的研究探討了出生月份(作為早期生活環境影響的代理指標)對存活到100歲的機會的影響。

紫微斗數的實踐

紫微斗數是根據出生的年、月、日、時來決定各個星的位置，並將這些星放入十二宮位中。紫微斗數通過分析這些星在各宮的位置、相位、化氣等情況來判斷吉凶。紫微斗數的宮位分類和時間標注比八字清晰易懂，而且每顆星也有其特性，學習起來相對容易上手。

宮位與主星：
●命宮：代表個人的性格、健康和整體命運。
●兄弟宮：代表兄弟姐妹關係和朋友。
●夫妻宮：代表婚姻和伴侶關係。
●子女宮：代表子女和創造力。
●財帛宮：代表財富和物質資源。

●疾厄宮：代表健康和可能的困難。

●遷移宮：代表旅行和變遷。

●事業宮：代表職業和事業發展。

●田宅宮：代表房產和家庭環境。

●福德宮：代表運氣和道德價值。

●父母宮：代表父母和家庭背景。

十四主星：

●紫微星：代表個人的核心特質和生命主題。

●天機星：代表智慧和解決問題的能力。

●太陽星：代表權力和公眾形象。

●武曲星：代表財富和物質成功。

●以及其他主星，每顆星都有其獨特的意義和影響。

流年與大運：

●流年：每年的運勢變化，可以通過比較命盤上的星曜位置來預測。

●大運：每十年一個周期的運勢變化，通常用來預測長期趨勢。

吉凶星與四化：

●命盤上還有吉星和凶星，它們會對個人的運勢產生影響。

●四化(化祿、化權、化科、化忌)是指主星的不同表現形式，影響個人的運勢和性格。

　　簡單來說，八字更注重五行生克制化的分析，而紫微斗數則更注重星宿的位置和相互作用。兩者各有特點，也有各自的愛好者和專家。在實際應用中，有些命理師會結合八字和紫微斗數來進行更全面的分析。假設有一個人的出生資料爲1986年7月9日上午11點，綜合分析便是如此：

	八字	紫微斗數	綜合分析
性格	一個充滿活力、創造力和堅韌的人。他們可能在社交和合作中表現出色，但也可能需要學會如何管理自己的情感和直覺，以避免不必要的衝突。	紫微星在巳宮代表此人在事業上有領導才能，天機星在亥宮則顯示其思維敏捷，善於策劃。	在事業上有天賦，在財務管理上有一定的能力，但也可能面臨一些情感上的挑戰。
健康	丙火和庚金的組合可能表示心臟和肺部的功能強，但如果火金過旺，則可能導致相關器官的壓力或疾病。己土代表脾胃，需要注意消化系統的健康。壬水與腎相關，需要注意水液代謝和泌尿系統的健康。	如果疾厄宮中有火星或鈴星，可能需要注意心臟或眼睛的健康。	您可能需要特別注意心臟、消化系統、肺部和泌尿系統的健康。
2025-2030年流年分析	2025年是乙未年，乙木能生己土，己土又能生庚金，這可能意味著2025年對您來說是一個事業發展的好年份。但同時也要注意，過旺的土金可能會對健康帶來壓力，特別是消化系統和呼吸系統。	如果您的大運在2025-2030年期間流轉到財帛宮，那麼這段時間可能會有財運上的好轉。但如果流轉到疾厄宮，則可能需要注意健康問題。	可以預見2025-2030年您可能會在事業和財務上有所發展，但同時也要注意維護健康，避免過度勞累。

紫微斗數的優勢

　　紫微斗數與八字，這兩種占卜方法在中國傳統命理學中佔有重要地位。然而，有幾個原因使得人們更傾向於選擇紫微斗數。首先，紫微斗數的宮位分類和時間標注更爲清晰易懂，每顆星辰也有其特性。透過學習，人們能夠輕易上手並理解其中的內涵。其次，紫微斗數提供了較多現代化的學習資

源，相較於八字的古籍資料，更容易接觸和理解。這使得學習紫微斗數的過程更加親民，也能夠更輕鬆地將所學應用於實踐中。

此外，學習八字需要先具備陰陽五行的基礎概念，對於初學者而言是一個較高的門檻。而紫微斗數則沒有這樣的限制，更容易讓初學者進入學習的領域。最後，紫微斗數能夠較容易地與人們的日常生活結合，而八字則需要較強的邏輯性和聯想力才能與生活面相結合。這使得紫微斗數更受人們喜愛，因爲顧客可以聽取算命師闡述的紫微斗數分析，而八字分析卻較難被明晰地闡釋，使人們對其感到困惑。

紫微斗數與西洋占卜的關聯

我國著名考古學家鄭玉敏2016年發表碩士畢業論文，深究紫微斗數與西洋占卜之間的預測異同，揭示兩者在預言未來事件上的高度一致性。研究表明，紫微斗數不僅能與傳統八字相融合，更可與西方占星術交相輝映，共同描繪命運的軌跡。

已故的京劇大師奚嘯伯，於1940年在《立言畫刊》上撰文指他以紫微斗數爲指南，洞悉人生的滄桑變幻。他認爲，人生的起起落落，如同紫微斗數的變動，每一次的預測都驗證了其精準無誤。筆者曾閱讀數名紫微斗數師傅之批命，深感其算命之妙在於能夠令讀者身臨其境，使其能夠親身體驗，勝過筆者僅能口語描繪。若欲尋覓優質之免費紫微斗數線上師傅，敬請隨附本書收據一併電郵至本人處。

編者按：後文 「5.5.婚姻宮位：愛情中的星座智慧」會有紫微斗數與西洋占卜之間分析及應用。

3.3.
六壬神數：陰陽五行的高深命理卜算

六壬神數，也被稱爲大六壬或六壬神課，是中國古代三大占卜術之一。它與奇門遁甲和太乙神數並稱爲三式。這種占卜術起源於漢朝，並在唐宋時期至明清時期得到了廣泛的應用。在閩粵、臺灣與星馬一帶，六壬法派、天和正教（天和門、崑崙法教）、閭山法教等諸多法派教門都有六壬仙師的祭祀，或是奉請六壬仙師的符咒。

六壬仙師的原型爭議

有關六壬仙師的原型，目前部分六壬傳教師多指向唐代國師李淳風（602～670），儘管被部分六壬弟子接受，甚至以李淳風之名予六壬法壇命名。但此說仍有爭議，亦有稱六壬仙師爲「先天之神」，以及稱其爲「鬼谷先生」。究竟這些說法何者爲眞，學界見解紛紜，不乏精闢論述。若欲探究究竟，不妨翻閱中華台北國立成功大學歷史系博士候選人毛帝勝所著《六壬仙師原型初探》一文，該論文以豐富的歷史資料爲基礎，從傳教師記憶、法本、經籙及神牌等多角度進行剖析，企圖還原六壬仙師的歷史面貌，爲學術研究提供了新的視角與思考維度。

六壬神數的占卜方法

六壬神數的占卜方法以天文學爲基礎，結合了天盤、地盤、太陽過宮、月亮、木星貴人和二十四節氣等元素來進行預測。國際易學聯合會學術部副部長冉景中博士畢業論文研究的主題是大六壬爲何能以驚人的精準度進行預測，原來，這一切皆源於他的算法與古天文學原理之間的高度一致。此外，東吳大學共通課程兼任教師許仲南博士於2016年探討了六壬背後的數學奧秘。他的研究揭示六壬的精確性並非偶然，而是基於一系列複雜的數學計算。這些計算涉及到大量的公式，其深度和廣度都令人驚嘆。內容繁複，

不再詳述。

六壬神數的占卜過程

六壬神數的名稱來自於易經中的坤卦，其中「六」代表坤卦，意味著包羅萬象，而「壬」在占卜中代表陽水，象徵著生命和開始。六壬神數的占卜過程包括以下元素：

● 太歲：指占卜當年的天干地支。
● 月建：用於判斷日干支及其他元素五行力量的基準。
● 日干支：占卜當天的天干與地支。
● 占時：占卜的時間點或隨意抽取的地支。
● 月將：代表一月之將，主要看太陽在黃道十二宮的位置。
● 空亡：根據日干支所處的旬來排出的資訊。
● 年命：包括行年和本命，本命指出生年的太歲，行年根據年齡換算。
● 天地盤：模擬時空環境，根據生剋刑關係演化占卜資訊。
● 十二天將：又稱天乙貴人，依序排在天盤上。
● 四課：根據日干支及天地盤位置排列出來的。
● 三傳：根據四課上下神的生剋刑關係排列出來的。

六壬神數的實用性

《邵彥和先生六壬斷案分編》中的案例展示了六壬算命在各種不同情境下的應用。這些案例不僅涵蓋了廣泛的主題，如天時、宅墓、前程仕進、終身、流年、婚姻、胎產子息、財產等，還包括了各種不同背景的求占者，從朝中權貴到庶民百姓，展現了六壬算命的多樣性和實用性。例如，有一個案例記錄了韓太守占祈雪的情況。在建炎三年的一個晴暖的日子，韓太守進行了六壬占卜，希望能夠預測雪天。邵彥和先生根據六壬的卦象分析，預言明日天色將變，並且在巳時風起轉寒，未時有雨，亥時作雪，最終積雪達七寸。結果，預言應驗，展示了六壬算命在天氣預測上的精準性。現多引一例，是上世紀《大美晚報晨刊》在1938年對上海命學家韋千里的報導：

六壬神數的優勢

六壬算命相較於八字和紫微斗數，具有幾個獨特的優勢。首先，六壬算命在時間靈活性方面表現出色。它不僅考慮出生時間，還包括問題發生的時間，使得預測更加具體和針對性。這種靈活性使得六壬算命能夠更好地應對不同情境下的問題。孫素芬碩士論文以六壬擇日為鑑，深探中華台北會計師產業之開業吉時與財務成效之密切聯繫。研究揭示，依六壬選定吉年開業的會計師事務所，其財務利潤顯著優於選擇凶年者，尤其在規模較小的會計師樓中。

此外，六壬算命還能夠提供豐富的細節。它的卦象和神煞配置非常豐富，能夠提供更多層面的信息和細節。這種細節豐富的特點使得六壬算命更加全面和精準。我們現在回顧的是民國時期，一份享有盛名的《小日報》在1931年發表的一篇六壬報導，名為「六壬之神秘可避免興訟之是非」。

本埠王君，因君赴新世界飯店徐君初處求占，發卯日戌時三傳酉丑巳將空陰朱，徐問何事，王曰，向有縣人糾纏不清，僅如何處置，徐斷曰，酉為少陰。必是女人，上乘天空，此人命帶死神，僅存虛耳，君速出一千一百元，興之丁結為妥。否則涉訟更吃虧矣，王謂徐曰，此女已病兩年，要求余出洋二千元，余不允，故來占課，君已發其神秘，遵君斷，余在旁目觀徐君立課甚多，無不靈驗云。

筆者曾親自拜訪一位資深六壬師傅進行算命，然而這位師傅雖然廣受傳媒矚目，卻未在網上提供相關服務，而他所收取的費用亦非常昂貴。關於其準確性，我認為與八字和紫微位盤相比並無太大差異，但就費用而言，前者

遠超過後者的合盤計算。若讀者缺乏自身出生時辰的資訊，六壬算命乃是一極佳之選，然非不可取代之選項。

　　編者按：後文「5.6.家庭和諧：幸福的奧秘」會有更多六壬神數分析及應用。

3.4.
奇門遁甲：時空變化的神秘風水術數

奇門遁甲，也被稱為「遁甲術」或「奇門遁術」，是中國古代一種結合天文、地理、數學和哲學的複雜預測系統。它的理論基礎包括河圖、洛書、八卦、天干、地支、九星、九宮、五行等元素，並且與中國傳統的節氣和農曆緊密相連。奇門遁甲不僅用於預測未來的吉凶禍福，也被應用於軍事策略、風水佈局和日常生活決策中。

奇門遁甲的核心概念
- 三奇：乙、丙、丁，代表天、地、人三才。
- 八門：開、休、生、傷、杜、景、驚、死，代表不同的能量狀態和變化。
- 九星：與九宮格相對應，代表天上的星宿，影響地上的吉凶。
- 五行：木、火、土、金、水，代表自然界的基本元素和它們之間的相生相剋關係。

奇門遁甲在《三國演義》中的應用
在古代，奇門遁甲被視為帝王之學，只有皇室和貴族才能學習。到了漢代和三國時期，奇門遁甲被廣泛應用於軍事和國家大事。在文學作品中，如《三國演義》和《水滸傳》，奇門遁甲常被描繪為一種神秘的法術。

在《三國演義》中，諸葛亮被描繪為精通奇門遁甲的智者。其中最著名的例子是第四十九回中的「草船借箭」。諸葛亮利用奇門遁甲預測到會有大霧，並在大霧中用草人滿載的船隻誘使曹操軍隊射箭，從而在不消耗任何資源的情況下獲得了大量箭矢。此外，第三十六回中，徐庶破了曹仁所設下的八門金鎖陣，這也是奇門遁甲的應用之一。

奇門遁甲的起源與演變

關於奇門的起源，實際上很難有一個公開且確定的說法，因為現代的奇門已經與古代的奇門有著極大的差異，中間經歷了許多修改和演變。例如，諸葛亮所使用的奇門已明顯與現代所使用的有很大區別。《七星壇諸葛亮祭風話》中提及的奇門遁甲，被《辭源》分別解釋為「奇門」，古代術數名，以十幹中的乙、丙、丁為三奇，分置九宮；以「遁甲」指推六甲之陰而隱遁，以六甲循環推數，避兇趨吉。然而，迷信者認為奇門遁甲可以推算吉兇禍福，這與諸葛亮所使用的「奇門遁甲天書」有矛盾，也顯示了現代的奇門遁甲已經與古代的有很大的區別。

奇門遁甲與其他命理學術數的比較

相較於八字、紫微斗數和六壬，奇門遁甲擁有其獨特的優點。首先，奇門遁甲不需要知道出生時間，因此具有極高的靈活性，能夠根據問事時間起局，非常方便。其次，奇門遁甲適用於占卜具體事件的成敗得失，還可以用於擇吉，選擇吉利的時間進行活動。而八字和紫微斗數主要用於分析個人的整體命運和大運框架。此外，奇門遁甲能夠提供更準確的方位資訊，幫助人們得到更精確的指引，尤其在風水佈局和選擇活動方位時特別有用。最後，奇門遁甲的運籌趨避功能與預測緊密配套，不僅能夠預測事物的發展變化結果，還能夠根據預測結果發揮主觀能動性，趨吉避兇，取得最大的成功或將不利減少到最低程度。現在，我們引用了冶春後社的著名詩人湯公亮。他在1922年於《小時報》的一篇專欄中，探討了奇門與家居保安的相關問題。

> 吾鄉李孝廉周南續學士，生平精奇門遁甲術，夜常不量其門戶而盜賊不敢入，一日有竊賊誤入其室徬徨一夜不得出，至曉為李君所拘，李君問以胡不出答曰吾出但見牆壁甚多蹤一牆復有一牆，故不得出，李君憫其愚縱之去。

相比之下，八字和紫微斗數需要更多的出生時間精確度，而六壬在多點合參上面相對於奇門遁甲有些相形見拙。總的來說，奇門遁甲是一種非常強

大和靈活的命理學術數，在許多方面都表現出優越性。西陝工院副教授封正耀更指出，奇門遁甲與西方現今所謂的科學方法論有著極爲相似的契合點。

奇門遁甲的驚人預測能力

奇門遁甲作爲一種具有卓越預測能力的命理學術數，曾經給出了一些令人驚嘆的準確預測例子。例如，徐坤教授在2008年所出版的《當代經理人》期刊中準確預測了中國經濟能在2010年復甦的情況。另一位香港奇門師傅在2022年疫情期間分享了以下內容，他講述了奇門遁甲的應用和價值：

> 一位名爲A小姐的客人因家備有變，導致家中小孩沒人照顧，其間A小姐也要安排工作計劃，在手停口停的壓力情況下，到來找我奇門遁甲策劃資訊。A小姐問：「師傅，我準備請新工人來港，但現在因疫症條例需要兩地政府很多手續，也需要很久時間才能到港，敢問順利與否？」我答：「工人會提早到家，並會在8月18-20號這3天內到步工作」。A小姐：「師傅，不太可能，兩地手續加上到港後的隔離期，這沒可能吧。」我答：「非也，奇門卦象說明了她能早到，就是這3天。」
>
> 今天A小姐傳來訊息，告知我香港政府放寬了入境政策，工人並於8月18日提前到來，就是我奇門斷的這3天。在占卜預測中，斷應期是高難道，而奇門則能準確斷其月份及日子，這是云云各術占卜也能做到的，這就是奇門遁甲。不需任問事者任何資料樣貌，也能準確占測前因後果。

在筆者的經歷中，曾有幸遇見過幾位奇門師傅，他們的預測準確度非常出衆，能夠精確預測筆者的工作運程。如果您希望找到一位優質且免費的奇門線上師傅，請將本書的收據隨附電郵至本人處，以便進行相關安排。

3.5.
鐵版神數：命運如鐵板釘釘

在截稿前的一刻，一代鐵版神數大師董慕節剛剛離世，網上立即興起了關於鐵版神數的熱議。不少人認爲這只是江湖術數，然而，我經過深思熟慮，更關注的是其未來的準確預測能力。

董慕節：鐵板神算的傳奇人物

董慕節，被人們尊稱爲「鐵板神算」，是一位知名的命理大師。他以其精準的預測和算命技術在八九十年代的香港非常有名。他的原名是沈均輝，祖籍上海。董慕節在25歲時，經營棉紗生意失敗後，被韋千里收留並介紹給汪懷節學習鐵板神數。不出三個月，他就開始了自己的算命事業。他於1959年來到香港，在九龍開業，最初主要爲舞女算命，但隨著名氣的增長，他開始爲許多名人和明星提供服務，包括黃霑、倪匡、馬榮成等。他的算命被認爲非常準確，其中一個著名的例子是他爲馬榮成批命時的預言，這預言後來促使馬榮成創作了著名的漫畫《風雲》。

一母一母又一母

鐵版神數，又稱鐵板神數或鐵板算命，是中國傳統術數之一。它的名稱來自於其預測結果的確定性，有如鐵板釘釘般不可更改。這種算命方式據說起源於宋朝的邵雍，但實際上直到清代乾隆、嘉慶年間才開始流行。鐵版神數結合了多種占卜方法，包括易經的八卦、五行、紫微斗數等，形成一套複雜的預測系統。鐵版神數的操作過程稱爲「考時定刻」，即是根據個人的出生時間來進行精確的預測。算命者會使用算盤來計算並尋找對應的條文，這些條文包含了關於個人命運、家庭、事業等方面的預言。鐵版神數的特點是其對於家庭成員關係的預測，特別是所謂的「六親」——父母、兄弟姐妹、配偶和子女的關係。一代奇才黃霑在1982年找到被稱爲「鐵板神算」的董慕節算命。董慕節給出的批文中有一句「一母一母又一母」，這句話令黃霑非常驚

訝，因爲即使他的朋友和伴侶都不知道，他實際上有三個母親。

台灣媒體的報導與個人經驗

據台灣媒體報導，2009年時，行政院長吳敦義曾公開承認曾陪同其小兒子吳子均前往一位名聞遐邇的陳康泰先生處，尋求其擅長的鐵板神算之指引。本人曾預約上述陳師傅算命，但約定好的時間過了幾星期，秘書卻致電告知陳師傅已經滿期，目前暫時無法接待新客。看來筆者與此術數緣盡一面，無緣得以一窺鐵板神數的深奧之處。謹此分享一位女商人的鐵板神數經歷，她親身目睹了這神秘領域的奧妙：

> 我自認爲一直以來都是個理性科學的人。命理這種東西，我一直覺得只是一些危言聳聽的說法罷了。然而，30年前，通過一位朋友的介紹，我認識了一位被稱爲鐵板神數大師的人。當時，我對這些江湖術士非常不以爲然，所以我決定找他算命，主要是爲了證明他只是個騙子而已。鐵板神數是一門計算學，首先我們需要提供自己的生辰八字給大師，然後他會根據我們的八字來斷定我們的父母、兄弟姐妹和配偶。只有斷準了，他才會繼續計算下去，如果斷不到六親，他就會拒絕計算並請你離開。當然，他非常準確地斷定了我和我的丈夫的六親關係。當時的我覺得，既然是送上門的生意，他當然不會那麼容易地說算不出來，讓你走人。一個月後，大師請我們去拿他所謂的「天書」，我們帶著且聽其詳細解釋的態度去了。他表情淡然地讓我們坐下，從書架上抽出兩本血紅色的冊子，問我說：我先解釋哪一位？我指了指我的丈夫。大師開始講解起來，當時我們剛結婚不久，我對我丈夫的過去並不是很了解。但是，當他講到婚姻和家庭時，我開始開始認真起來。我丈夫的「天書」解釋完了，輪到我了。他竟能知道我的童年、少年時期和上大學的事情，讓我感到非常震驚。接著，他講到我的事業，我事業有成的年份和我丈夫的在同一年，當時我們在不同的公司工作，工作性質完全不同，但卻在同一年升官發財，這實在是太巧了，我開始懷疑他是不是騙子。大師解釋完了我們的「天書」後，我問了他一個我有點害怕知道答案的問

題，「天書」上批到我69歲就沒有了下文，這是否意味著我活不到70歲？大師淡淡地回答說：不是的，只是當時他寫得累了，你只是會安享晚年，沒有什麼特別的事情，所以他懶得再寫下去了。

我和我的丈夫拿著那兩本血紅色的小冊子回家，放進書桌的抽屜，然後就將這件事給忘了。幾年後，我們帶著小女兒離開香港，但是始終情繫著香港，我們又回到了這個城市。我和我的丈夫在同一間中學找到了教職，經過三年的時間，我們創辦了「自家企業」，再過三年，我們搬進了更大的房子。當我整理書桌時，從抽屜裡翻出了那兩本「天書」。正好「自家企業」開始賺錢的年份，就是「天書」上批我們事業有成的那一年。接下來發生的許多事情，都如同「天書」上的預言一樣實現了。我開始明白，命理之詭異玄妙，確實超出了凡夫俗子的理解。我信了。

然而，直到2009年，我的丈夫不幸遭遇車禍，意外身亡。我瘋狂地找到大師，質問他：明明你在他的「天書」上寫著他能活過70歲！明明寫著他可以和我白頭到老！為什麼？為什麼你沒有算出來？大師沒有辯解，他提醒我，「天書」上寫著：你丈夫46歲那年，會遭遇一場大劫，如果能化解，自然能安享天年，但能否化解，還得看他的造化。我當然記得，當時我只是以為最壞的情況不過是婚變、破產、生意失敗，或者包小三，怎麼可能會死呢？大師看著我歇斯底里的樣子，黯然地說：你記得我告訴過你，我只能論生，不能論死嗎？那兩本猩紅色的「天書」只好被我再次丟進了抽屜裡。最近我在整理東西時，又把它們翻了出來。我「天書」上寫著，2023年，我的女兒會舉行婚禮，並嫁給一個紅鬍綠眼的地道法國巴黎人。這預言竟然全中了！我終於明白，命運之謎是如此的玄妙和詭異，我們這些凡夫俗子根本無法理解。我從心底裡信了。

筆者獲賜補充二事，首先需指出鐵版神數師傅必須透過肯定出生時間方可進行算命，若不符合標準則不會接受諮詢亦不收取費用。雖有網友提及可透過致電醫院付費查詢出生時間，然筆者深信此舉並不準確。由於筆者親自

陪同太太入產房，嬰兒誕生的一刻與護士記錄於出世文件的時間必然存在數分鐘之差。其次，有一種說法指出鐵版師傅因知命不久矣，故意稱出生時間不準確，並不願為其算命。

我們都在命運的大河中漂流，或許，鐵板神數能給我們一些指引，讓我們更好地理解自己的命運。

3.6.
易卜的鏡像：反映人性與宇宙的深層聯繫

　　在古老的東方，易卜藝術以其神秘莫測的力量橫跨千年，成爲預知未來的重要工具。岑寶桂，這位上一代的占卜大師，以她深不可測的智慧和對易經的精湛解讀，開啓了一扇通往未知世界的大門。她的故事，不僅是對古老傳統的傳承，更是對現代社會的啓示——易卜不僅是預測命運的工具，它是一面鏡子，映照出人性的深層面貌和宇宙間萬物的微妙聯繫。

岑寶桂：卓越的易卜預測能力

　　岑寶桂是一位神奇的人物，擁有卓越的易卜預測能力。易卜，源自《易經》，是一門具有五千年歷史的占卜學問。憑借竹筒、銅錢等工具，她能夠解讀天象、地理和人事的演變規律，從而預知未來。《易傳》作者認爲《易經》就是一部聖人以辭、變、象、占的方法將幽隱之「道」顯明化的書，因此觀《易》者不可拘泥於旅占的象數結構，關鍵在於把握《易經》中乾坤合德的宇

宙原則，但也不可離象數而言《易》，象數方法是人把握易道的必播媒介。因此，在《易傳》中，象數服務於義理，即使上古的「大衍盆法」，在《易傳》里也抽象成爲「太極」生化宇宙的自然哲學，象數與義理相統一成爲易學發展的內在目標。

岑寶桂的神奇事跡

岑寶桂的神奇事跡包括在報紙專欄預測1997年香港的禽流感爆發和1999年台海局勢緊張等事件。憑藉其高人的身份，岑寶桂吸引了眾多名人，如金牌公關香樹輝、報紙發行商德強記老闆岑德強、李嘉誠的大舅莊學山等，紛紛主動結識她，並向她請教占卜、風水和掌相命理等方面的知識。岑寶桂門下有超過五百名學生，其中包括前律師會會長蔡克剛和電影人麥嘉。她指出，香港人學易卦多數是爲了睇股票和預測賽馬結果，顯示了易學在現實生活中的實用性。同時她成立了易學會，參加全國易學研討會，並寫成論文《納甲筮法今論》。她也整理了易卜的源流和斷卦方法，並在中大校外進修學院教授「周文王易卜應用」。

易學顧問岑寶桂的名氣

自從李碧華的《煙花三月》一書於1999年出版後，易學顧問岑寶桂的名氣更加響亮，甚至連走在街上都有人向她打招呼並索取簽名。書中記載了年輕時被迫成爲慰安婦的袁竹林婆婆，她渴望尋回失散三十八年的愛人廖奎。李碧華於是在互聯網上廣發尋人啟事，但音訊杳然，幾乎要放棄之際，她的朋友、導演嚴浩，找來岑寶桂幫忙。岑寶桂爲袁婆婆卜出「火澤睽」一卦。卦象顯示，廖伯仍然在世，身處北方，翌年三月便會有消息。果然，1999年3月，國內有人在山東淄博找到廖奎，袁婆婆與她魂牽夢縈的男人重逢了。岑寶桂聽到這個消息，哭了幾個小時。自此，求卜尋人的客人紛至沓來。她還曾爲前港大校長黃麗松的妻子李威尋找下落。當時，李威已失踪半年。「我和班上的同學一起卜出這支卦，同學們一邊解卦，一邊喊出結果。卦象顯示，李威的屍首在山上。人人都以爲她因老年痴呆症不會上山，一直往下找，所以找不到。」事隔一個月後，李威終於被發現伏屍於港大校園的山

上。後來，李碧華再次找她幫忙，這次是爲了失踪多時的庾文瀚。結果呢？「講出無好處，不如不講」。

如今，網絡上的卜卦之術盛行，多種卦象匯聚於此。這些聞名遐邇的網上程式，洗煉了古文化的精髓，用以占卜吉凶。龜殼卜卦，穿越千古，乘風破浪，逐漸成爲網絡追求的風潮。另一方面，用硬幣的卜卦，錢幣輕敲乾坤，預示著未來的吉凶禍福。然而，卜卦的準確率是否居高不下？固然未必如此。然而，各位無需擔憂，本書將在下一篇章節「3.7.塔羅牌占卜：圖像符號的心靈導引與洞察」中，介紹那些卓爾不群、驚世駭俗的大師級人物。他們以卦象爲准，道破天機，爲世人指點迷津，提供極爲精準的卜卦服務。

當代占卜術的變遷

中華台北國立雲林科技大學漢學應用研究所的吳進安教授於2024年發表的論文直接指出，當今的中西占卜術已經偏離了傳統的精確性。原因在於其中融入了各種新的元素，使得整個占卜術變爲五花八門，形式各異。那麼，我們在何處可以找到眞正精確的占卜術呢？這個問題我們將在下一篇文章中進一步探討。

編者按：庾文翰(Yu Man Hon，1985年1月2日—；生死未卜)是一名智障靑年男子，於2000年8月24日失踪，至今下落不明。他患有自閉癥、讀寫障礙、中度智障(智商約爲1至2歲)以及過度活躍癥，且不能與其他人溝通。在失踪時身高5英尺6英寸(168厘米)。

3.7.
塔羅牌占卜：圖像符號的心靈導引與洞察

在學術領域中，塔羅牌的精確性已經獲得了科學地位。許多學者，如美國Fordham University的心理學博士Charles Mason Olbert以及在The University of British Columbia獲得博士學位的Gigi Hofer，他們的畢業論文題目都是關於「塔羅牌」。

塔羅牌的科學驗證

在前文2.10中，我們提到了黑魔法詛咒。黑魔法是指邪惡力量的操控以及恐怖的代價。有科學驗證證明黑魔法已經被應用在法律層面。至於西方塔羅牌，它也經過科學驗證並應用在各個專業領域。例如，1983年，英國University of Plymouth的訪問教授Susan Jane Blackmore發表了一篇科學論文，證實了塔羅牌在科學上具有一定的準確性，從而使塔羅牌得到了廣泛的科學實踐和應用。1999年，Granfield, A在《Forbes》雜誌上利用塔羅準確預測了樓市走勢。同樣地，Perelman School of Medicine at the University of Pennsylvania的榮譽退休教授L. Henry Edmunds，Jr.於2017年發表了一篇權威論文，幫助醫生利用塔羅牌的角度來理解和處理心

肌梗塞後心室重塑的問題。在意大利ASST dei Sette Laghi醫院，di Cosma Capobianco揭露病患為了謀求保險理賠的厚利，往往對X光片進行擅自篡改。面對這些被竄改的影像，Capobianco醫生如何斷症？他竟別出心裁，運用塔羅牌占卜之術，試圖還原真相。然而，這份論文以意大利文撰寫，讓人閱讀不易，字裡行間透露出一絲絲的無奈與挑戰。University of the Philippines講師Carl Lorenz Cervantes於2022年發表之論文，深刻揭示了當代社會中塔羅牌濫用於醫療之弊端。他提出，隨著越來越多的人將塔羅牌作為治療手段，其實踐中的滋生諸多不確定性與風險。為此，Cervantes建議政府應當立法規範，建立嚴格的發牌制度，僅允許持有專業醫療資格的從業者方可運用塔羅牌於醫病之用，以此來杜絕非專業人士的濫竽充數，保障民眾健康，並維護醫療專業的純粹性與嚴肅性。

塔羅牌的使用範疇

塔羅牌只能測試三個月至半年，最多一年的事情。塔羅與問籤有什麼不同呢？我覺得問籤需要依賴解籤師傅的能力，而塔羅則取決於塔羅師是否具有通靈能力，以及客人提問是否精準，或者塔羅師能否修正客人的問題，得到最想要的答案。例如，您有三位有意向的男士：X先生、Y先生和Z先生。您向塔羅師提問時，不要只問感情方面的問題，而要直接詢問如何從X先生、Y先生和Z先生中做出選擇。您無需向塔羅師透露這三名男士的背景，而是讓塔羅師通過牌陣來解析他們三人的性格、特質、收入、是否多情等方面的信息。

塔羅牌的種類與使用

事實上，塔羅牌有很多種類，美國遊戲業之父Stuart R Kaplan表示，最早的塔羅牌出現於1420年的德國，玄學書籍的暢銷作家Tony Willis指出，塔羅牌的圖案靈感來自於古埃及的神靈。塔羅之父 Ronald Decker 指在業界中廣受認可的塔羅牌共有多達四百副之眾，而每位塔羅師開牌的方式和規矩都有所不同。舉例來說，當我詢問見工機會的高低時，K師傅表示她不會直接回答我，而是會告訴我如何提高成功見工的機會。K師傅說，如果她告

訴我機會很低，難道我就不去面試了嗎？

塔羅牌的排法與解讀

塔羅牌排法的多樣性主要是因為每位塔羅牌師傅都有自己獨特的風格和理解方式。塔羅牌占卜不僅是一種技術，也是一門藝術，涉及到個人的直覺、經驗和對牌意象的解讀。美國Benedictine University的兼職教授Bryan McCusker在1991年進行了一項數學實驗，他邀請了塔羅牌師傅和普通人進行多次洗牌，發現普通人洗牌後牌的次序屬於數學模型中的隨機分佈，然而塔羅牌師傅洗牌後的牌次序卻不屬於隨機分佈，這似乎顯示師傅在洗牌時獲得了靈界的幫助，但這一點無法通過數學模型證實。英國University of Northampton的心理學教授Chris Roe在1996年試圖檢驗塔羅牌占卜的有效性。他懷疑塔羅師在洗牌時可能會無意識地將卡片排列成他們期望的順序。為了測試這種可能性，他進行了一項實驗，讓一般人在塔羅師面前獨自洗牌。研究發現，一般人洗牌後，牌的次序符合數學模型中的隨機分佈，然而在塔羅師面前洗牌後的牌次序卻不符合隨機分佈。這個實驗間接顯示，塔羅牌的準確性可能受到塔羅師某種能力(可能是通靈)的影響。

塔羅牌的排列方式

不同的排牌方式可以幫助占卜師從各種角度來解讀問題，並提供更深入的洞察。例如，有些占卜師可能偏好傳統的「凱爾特十字」排牌法，這種方法適合提供全面的視角，涵蓋過去、現在和未來的情況。而其他占卜師可能會選擇「三牌」排法來進行快速且針對性的占卜。

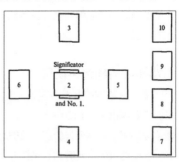

圖片來源：在1981年，學者Max Nänny提出了一種被稱為Madame Sosostris' sequence的排序法，該方法被認為是非常複雜且困難的。然而，現今世上很少有人使用此排序方法。

塔羅牌的變化與創新

在1981年，學者Max Nänny提出了一種被稱爲Madame Sosostris' sequence的排序法，該方法被認爲是非常複雜且困難的。然而，現今世上很少有人使用此排序方法。香港擁有近千名從事塔羅牌的人，爲了撰寫此書，我找了其中最熱門的近百位，當然並非每位都有收費。舉例來說，當客人走出塔羅店時，我會主動詢問他們的準確性等。Loyola University Chicago的教授Laura Miller指出，現今塔羅牌的不準確之處在於許多商家將塔羅牌的圖案改成卡通或當地風俗的神，例如在日本，有人會使用Hello Kitty的形象來替代西方塔羅牌的圖案，這樣的做法會導致整個塔羅牌解讀的錯誤。

受限於篇幅，本文將在後續章節「5.4.職場轉身：算命幫你預測職業轉換和成功機率」中探討職場轉身的話題，重點介紹算命如何幫助預測職業轉換和成功概率，並分享塔羅牌的運用，以助於筆者預知面試答案。

筆者按：Madame Sosostris' sequence 用法：
The Significator.

1. What covers him.
2. What crosses him.
3. What crowns him.
4. What is beneath him.
5. What is behind him.
6. What is before him.
7. Himself.
8. His house
9. His hopes or fears
10. What will come

編者按：K師傅會在「5.3.財神天相：星座啟示金融命運」再出現。

3.8.
占星術與現代醫學：
揭示占星術在疾病診斷和治療中的深度運用

近年來，印度神童Abhigya Anand以其驚人的才華嶄露頭角，並榮獲Global Child Prodigy Awards，迅速聲名鵲起。值得一提的是，台灣旅行社甚至舉辦了前往印度尋找神童並進行算命服務的活動，可見印度占星學的熱度與受歡迎程度。

印度占星術的特點

印度占星術，又稱為吠陀占星術（Vedic Astrology）或古印度占星術（Ancient Hindu Astrology），是一種源自古印度的占星系統。與西洋占星術不同，印度占星術主要預測命主在特定時間會發生的事件，著重於命主一

生的命運走勢，而不太涉及個性與心理方面的探討。印度占星術有三個主要分支：Siddhanta、Samhita和Hora。它使用一套獨特的系統，包括27個宿（Nakshatras），這些宿是基於恆星的黃道帶劃分，而非傳統的12星座。此外，印度占星術還涉及到風水學（Vastu），並且在黃道制的採用上，與希臘占星術一樣，使用的是恆星黃道（Sidereal Zodiac）。印度占星術的星盤有北印度和南印度兩種排盤格式，其中南印度占星排盤格式與中國的紫微斗數分宮格式相似。印度占星術還有許多專有名詞和概念，如九曜、Rasi、Varga等，這些都是獨特於印度占星術的元素。

印度占星學與英國醫術的關係

印度占星學與英國醫術之間的關係是直接和廣為人知的。在古代和中世紀，占星術在醫學診斷和治療中扮演了一定的角色。雖然這主要是在歐洲的醫療占星術傳統中，但印度占星術中也有類似的概念，例如根據出生圖來預測健康問題。在歷史上，印度與英國有著長期的交流，特別是在英國殖民時期。這段時間內，許多印度的知識和文化，包括占星術，被帶到了英國。這可能對英國的一些文化和實踐產生了影響，包括對健康和疾病的理解。印度占星學與阿育吠陀醫學（Ayurveda）有著密切的聯繫，後者是一種全面的健康系統，強調身體、心靈和靈魂的平衡。雖然英國醫術主要是基於西方醫學，但在近代，整體健康和替代療法在西方世界變得越來越流行，這可能包括從印度占星學中借鑒的概念。University of California, Berkeley物理系教授Shawn Carlson早在1985年就科學驗證了占星術的真確性。其後，英國醫療系統不斷採用這一占星術。University of Oxford醫學史教授Mark Harrison整理了1700年至1850年間占星術在英國醫療領域的應用，指出其貢獻極為重要。European University Institute歷史系教授Lauren Kassell於2014年更進一步搜集了接受占星術治療的病人的事後意見，這些病人一致表示占星術的作用非常顯著。位於Manipal的Kasturba Medical College副教授Dr. Rajeshkrishna Bhandary P.於2018年進行了一項實驗，試圖使用印度占星系統來測試其在識別精神疾病方面的預測能力。他利用Kappa係數進行分析，發現在預測終身精神疾病方面具有中等程度的一致性（k=0.560, p=.001），而在預測當前精神疾病狀態方面則有較高的一致性

（k=0.626, p=.001）。作爲診斷測試，占星術在識別終身和當前的精神疾病存在與否方面表現出相當好的敏感性（77.3%），特異性（78.7%），陽性預測值（78.4%）和陰性預測值（77.6%）。

讀者的反饋與印度占星術的實際應用

讀者在網上可找到許多台灣人對於印度占星的高度評價，筆者也願分享自己的經驗。我曾咨詢一位印度女師傅，她述說了許多關於星位位置的知識，就像外國人聽到中國的八字一樣，難以理解哈哈。然而，她的預測卻非常準確。她在2024年初告訴我，在3月28日或之後，將會迎來新的工作機遇。令人驚訝的是，我在3月28日下午碰到了未來的合作夥伴，而該夥伴當晚就致電告訴我們將要合作了，這預測的準確無比。

印度占星術在學術界的地位

印度Physical Research Laboratory高級教授S. Ramachandran早在2001年就提出將占星術納入印度大學正規課程的想法。而我國北京外國語大學副教授周利群博士更於本書截稿前獲得了中國國家社會科學基金重大項目「印度古典梵語文藝學重要文獻翻譯與研究基金」，該基金旨在研究印度占星術在我國應用的歷史，並發現這一占星術與我國佛教有許多相似之處。然而，這些內容過於學術，讀者們更關心的是那些印度占星師傅的能力如何，請將本書的收據隨附電郵至本人處，以便進行相關介紹。

3.9.
請僮問事：神明降筆的奇妙預言與指導

「請僮問事」，這是一種源遠流長的求問方式，與道教或民間信仰有著深厚的聯繫，被用來解答人們生活中的種種疑難雜症。這種做法通常涉及到請求神明或祖先的指引來解決問題。

「請僮問事」的歷史背景

「請僮問事」的歷史可以追溯到古代中國，當時人們深信天、地、神、鬼都有其意志和力量。他們會透過各種儀式和占卜來尋求這些超自然力量的幫助。在道教中，這種做法更是被視爲與神明溝通的一種方式。在進行「請僮問事」時，人們會到廟宇或請來法師進行儀式。儀式可能包括點香、獻供、念經、擲筊等步驟。這些步驟旨在淨化空間、呼喚神明並表達敬意。在某些

情況下，人們可能會請法師寫符、做法事來達到特定的目的，如驅邪、求財、問事等。本文將分享兩則請僮問事的眞人眞事，由師傅親自撰寫，與各位分享。

第一篇：逆境中的轉機：化解小人與重振業務

　　男善信掌舵的行銷船艦，自與客戶爭執後，遭逢風浪，不僅個人運勢跌宕，公司業績亦受創。八月至九月間，客戶流失八成，應收款項難追，建議書屢遭拒絕，更有同業不擇手段，誣衊其抄襲。身陷困境的男善信，無法獨自承受，遂求助於本壇，祈求化解小人之法，以重振旗鼓。

　　壇主慧眼識破，先以法力爲男善信護身，僮身師公降臨，傳遞神諭。原來，自八月起，那位爭執客戶，心懷怨懟，對男善信及其公司詛咒不已，願其事業崩塌。詛咒與負能量纏繞男善信，運勢因之受阻。日復一日，男善信接觸新舊客戶，而衰運之影，直接阻撓業績之提升。加之，男善信今年犯太歲，太歲主變動，身體多病，霉運纏身，生意額更顯波動。壇主施展法力，爲男善信進行解小人、化太歲之法事。不僅如此，壇主亦爲其公司施行招財、招貴人之法，以期業務復甦，客戶群再擴。

　　法事圓滿後，男善信喜訊傳來，一筆久未能收回的客戶款項，如奇蹟般到賬。原已作壞帳準備的他，對壇主與僮身師公的援手，心存感激。他深信運勢正漸入佳境，並期盼未來事業之穩健發展。

第二篇：家族的康復之路：疫後陰影與解太歲

　　來自內地的一家人，攜手踏入本壇，尋求解脫健康之苦。男善信揭露，於疫情肆虐之際，身體不適之感逼使其就醫，檢查揭示腦後腫瘤之隱患，雖無緊迫之危，卻需藥物與檢查以監控其變。

非但男善信，其妻與子亦各自承受健康之困。女善信，即其妻，膝痛纏身，行走跑跳皆成艱辛，影響生活之常態。年歲未至退化之境，西醫中醫皆求助無功，痛楚持續未緩。兒子則因球場一跌，韌帶撕裂，治療復健雖已施行，然活動力仍不如昔，運動之路變得遙遠。

於壇前，徒弟為男善信圍身，僅身師公降臨，傳遞父靈飢寒之訊。男善信父早逝，祭祀未儀，怨懟心生，家運因此受阻，腦瘤患病，悔恨交加。女善信亦經圍身，師公再傳言語之咒，口角之因，病氣繚繞，膝痛不已。兒子亦因太歲之犯，運勢不順，清身解太歲之儀，期盼健康之復。

願通過此次法事，家族之病痛得以緩解，健康之光復，如晨曦初照，普照家室，光明再現。

在大中華地區，真功夫請僮上身的人越來越稀少。在香港，筆者僅見過少於五位具備真功夫的師傅，而且他們年齡都已相當長，多數已進入退休年齡。確實，請僮上身不是每個人都能承受的，基本上也難以保持穩定，大約僅能持續5至10分鐘。然而，筆者曾遇到最厲害的師傅，正如後文所提及的「4.9.三清靈寶天尊與太子哪吒」，每次上身能夠維持45分鐘，真可謂神仙一般啊！

「出馬仙」：另一種請神問事的方式

另一種請神問事的方式被稱為「出馬仙」，出馬仙是源自中國民間信仰和原始宗教薩滿教的一種傳統，指一些動物，例如狐狸、蛇、黃鼠狼等，修煉成精後附體人身，讓人擁有為他人斷事治病的能力。這些動物仙在修煉數百年後，為了自身修煉或接受上天正神的任務，來到凡間積累功德，目的是成為正修仙神、位列仙班。在動物仙中，胡黃蟒被認為是道行最高的存在，被世人稱為四大家族之一。這個家族內部有金花教主、通天教主、銀花教主、胡三太爺和胡三太奶等著名的成員，他們負責統領和監管天下出馬的仙家。

出馬仙的信仰和儀式在香港和中國大陸的一些地區仍然流行，尤其是在一些薩滿文化影響較深的社區中。

然而許多師傅和筆者並不太青睞這種方式。首先，當他們「上身」之後，彼此間會互相使用仙言妙語，使人難以理解他們所言，稍顯不敬。此外，他們往往喜歡自誇自擂，上身後首先宣揚自己的非凡能力。當然，除了使用仙言外，在上身後他們的口音與平時說話有很大不同，特別是一些本來只能說普通話不太流利的香港人，在上身後卻能說出標準的普通話，可謂令人驚嘆。

3.10.
生肖與星座：從商業決策到婚姻匹配

　　本文將納入算命系列的最終篇，主要探討的是生肖與星座這兩種網路上容易取得的算命資訊的準確度。類似八字、紫微、六壬、鐵版等，皆基於出生日期影響命運之信念。因此，本文作者欲透過科學角度探究一問題，即出生日期是否眞的具備如此重要性。

經典學術界的例子

　　先談一個經典學術界的例子，Butrica, J. L.在1993年發表論文指出一位歷史人物的出生日期出錯，因爲根據該出生日期，配合西洋占星術來算，他的人生不該如此。結果經歷史學家驗證後，該名人物的出生日期眞的出錯了。University of Kansas臨床心理學教授Charles R. Snyder在1974年發出權威性文章，直指西洋占星學準確無比。該研究深入探討占星學在預測個

人命運方面的影響力,並得出令人信服的結論。透過綜合分析星座、宇宙運行軌跡與個體心理特質等要素,占星學成功預測了許多人的人生軌跡與發展趨勢,顯現出卓越的準確性與預測能力。University of Haifa傳訊系教授Gabriel Weimann於1982年從社會學角度蒐集了多個曾經尋求西洋算命的顧客的反應,驚喜地發現其預言非常準確。這項研究通過細緻的觀察和深入的訪談,揭示了西洋算命在預測個人命運上的卓越成果。顧客紛紛感嘆西洋算命的精準,不禁讓人對其預測能力感到讚嘆不已。

若欲談論最經典的例子,絕對不得不提Emory University的英文系老教授Harry Rusche。他運用西洋占星術算出詩人John Milton的命運,竟然得到了科學證明。這位英文系教授展現了他對占星學的高超理解與運用,並在1966年創立的老牌學術文刊Milton Quarterly發表了相關論文,為占星學在學術界的地位進一步鞏固。

圖片來源:Rusche, H. (1979). A Reading of John Milton's Horoscope. Milton Quarterly, 13(1), 6–11. doi:10.1111/j.1094-348x.1979.tb00076.x

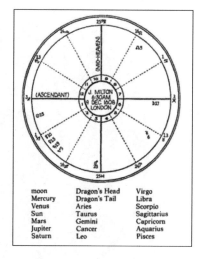

moon	Dragon's Head	Virgo
Mercury	Dragon's Tail	Libra
Venus	Aries	Scorpio
Sun	Taurus	Sagittarius
Mars	Gemini	Capricorn
Jupiter	Cancer	Aquarius
Saturn	Leo	Pisces

生肖與星座的特色與區別

中國生肖算命與西洋星座算命皆以出生時辰為基礎,進行命運和性格特點的預測,各具特色。二者同出一轍,既有千古流傳的歷史底蘊,亦能指點迷津,為人們在性格、愛情、事業等方面提供一定的指導意義。然而,兩者在計算方法、文化背景、符號及預測方式上各不相同。生肖算命源於中國古代神話,按陰曆年份劃分,分為十二生肖,每個生肖象徵一年,以五行八字

爲基礎，着重於命運循環與變遷。西洋星座則起源於古希臘和羅馬神話，依陽曆月份確定，分爲十二星座，每個星座對應一個月的特定日期，以行星運行和宮位爲根據，強調個人與宇宙的關聯性。生肖以動物爲主，如鼠、牛、虎等；星座則取材於希臘神話中的人物、動物和神祇，如白羊座、金牛座、雙子座等。雖然二者各有千秋，但它們同樣提供了人們探討命運和性格的途徑，擴展了人類對世界的認知。

生肖與星座的準確性問題

針對生肖算命和星命算命兩者之間的準確性問題，筆者必須指出，這兩種占卜方式都有著極高的準確性，並且價格非常實惠。就學術界而言，Durham University Business School的美女學者Jiarong Li博士明確指出，許多上市企業在商業決策中都會參考生肖。學者們提出，在投資買股票前，投資者必須考慮到生肖這一因素。印度國家醫學科學院的Indira Sharma博士於2019年指出，醫學預測的準確性並不一定比得上占星學，這一觀點得到了數據的支持，並在學術界發表。這一研究結果引起了人們對占星學的重新關注和評價，進一步確立了占星學在現代科學中的地位。

生肖與星座在婚姻配對中的應用

讀者們或許更關心生肖和星座是否能準確預測兩個人是否適合成爲夫妻。就生肖方面而言，除了衆所周知的龍年出生率較高外，在經濟領域方面，山東大學經濟研究院的孫濤博士於2018年的研究中發現，每逢羊年中國的出生率顯著下降，這對經濟產生了一定的影響。在我國的民間，有一個廣爲流傳的有關婚姻和生肖禁忌的俗語口訣。其中包括「白馬怕青牛、羊鼠一旦休、蛇虎如刀割、龍兔淚交流、金雞怕玉犬和豬猴不到頭」。這些口訣反映了人們對於生肖與婚姻之間關係的一些信仰。上海社會科學院社會學研究所在2011年對於婚姻匹配進行了研究，探討了兩個觀點的正確性。積極的婚姻匹配，古稱「合」，指的是某兩個特定屬相的結合將對双方婚後生活產生正面的影響，如婚姻生活幸福美滿、事業順利、人丁興旺、健康長壽等。具體而言，積極的匹配有「三合」和「六合」兩種形式。相對地，消極的匹配則

有「六沖」、「六害」、「三刑」及「自刑」。研究結果顯示，消極匹配的婚姻確實較不美滿，而積極匹配可否對婚姻和家庭產生積極的影響則未必下判斷。

在西洋占星方面，Università di Bologna的歷史系副教授Monica Azzolini進行了一項研究，探討了早期遠古意大利使用占星術來配對婚姻年代時夫妻相處的情況，結果發現家庭的相處更加開心和諧。然而，在現代很難找到大量使用西洋星座來配對婚姻的夫妻，以進行科學客觀的研究。較近期的研究中，有兩個值得關注的研究。第一個是Lund University的副教授Jonas Helgertz，他使用了1968年至2001年間的瑞典數據進行研究。第二個較近期的是Universiti Teknologi MARA的副教授Sheela JAYABALAN在印度Tamil Nadu的Salem小區進行了一項研究，她在1998年選取了600人作為研究對象。她發現占星術對於長女的婚姻有極大的幫助，但為什麼偏偏是長女呢？這是因為占星學發現長女在年輕時嫁人會遭遇不幸，因此她們的婚姻年齡被推遲，結果在之後的婚姻中獲得了更加美滿的結果。這與我們一般對印度女孩早婚的認知完全不同。

相信讀者都想問，何謂生肖的「合」和「沖」？又有哪些星座能夠進行匹配呢？網絡上提供了許多免費資料，本文只是希望提供一些簡要的資訊。這些生肖和星座在婚姻應用方面，是經過科學實證的。

第四章

揭示未來
（神通）

4.1.
扶乩神秘之力：揭開姓名背後的故事

　　扶乩，又被稱爲扶箕、架乩、扶鸞、揮鸞、飛鸞、拜鸞、降筆、請仙、卜紫姑等等，是中國民間信仰的一種占卜方法。在這種神秘的儀式中，需要有人受到鬼神附身，這種人被稱爲鸞生或乩身。鬼神會附身在鸞生身上，寫出一些字跡，以傳達鬼神的想法。

扶乩的工具

　　扶乩的工具包括乩架、乩筆、乩盤。乩筆插在一個筲箕上，有的地區是用一個竹圈或鐵圈，圈上固定一支乩筆。扶乩時乩人拿著乩筆不停地在沙盤上寫字，口中念某某神靈附降在身。所寫文字，由旁邊的人記錄下來，據說這就是神靈的指示，整理成文字後，就成了有靈驗的經文了。

扶乩的歷史與記載

　　扶乩的歷史發展和相關記載非常豐富，包括東晉、隋唐、宋朝、明末、清朝等時期的記載。在歷代以來，也有觀眾以言語試探扶乩眞僞之記載。扶

乩的主要用途包括示題、前程、處世、官場等。扶乩的操作方法包括道具、人員等。扶乩的詞語由來、歷史發展、主要用途、扶乩地點、相關記載等都有詳細的記載。扶乩的研究書目也非常豐富。簡單來說，扶乩是一種古老的占卜方式，通過特定的儀式和工具，讓人與神靈進行交流，以求得神靈的指示和啟示。

扶乩在台灣與香港的實踐

扶乩在台灣的實踐非常活躍，許多道觀和民間神廟都會進行扶乩活動。以下是兩個在台灣較爲知名的扶乩地點：

- 世玄精舍：位於台灣台北新北市永和區秀朗路二段97號的全眞道派，呂祖師道壇。
- 南天直轄台中玄德道院：這個道院主祀南天文衡聖帝，也就是俗稱的關老爺關公。他們的服務包括休咎(問事)、博濟(求藥)、神像開光、流年批示、化太歲等。

在香港較爲知名的扶乩地點是元清閣，它位於九龍呈祥道的新圍村，地址爲九龍蘇屋琵琶山一段的呈祥道6449號地段。對於第一次前往的讀者，我建議您可以在香港的美孚站或長沙灣站搭乘的士前往。請特別注意，您要前往的並非位於黃大仙站的那一座廟宇。

元清閣提供免費扶乩服務給民衆，以往的做法是善信只需把需要詢問的事情以紅色信箋寫好，在主殿的檀前燒化給黃大仙的聖像，坐在側堂的乩童會受感應寫出四句七言律詩回答。若大家看不透此神通的話，筆者到圖書館翻查舊報紙，覓得一份報導，因該報刊已停業，現把當年報導附錄在此。

當我們提到黃大仙時，許多人會立刻想到位於黃大仙地鐵站對面的嗇色園。然而，黃大仙祠並不只有一個，位於九龍呈翔道的元清閣就是其中一個。如果你想要進行扶乩，千萬不要走錯地方，去了嗇色園。元

清閣的扶乩是完全免費的，可以說是有緣人才能得到。程序很簡單，只需要取過扶乩用的紙，寫下你想問的事情，然後到堂中參拜大仙，期間誠心默念你想問的事情，最後上香燒紙就可以了。

降乩的時間不定，你可以在桌上留下你的聯絡電話和姓名，以便工作人員通知你。如果你沒有時間等待，你也可以過一段時間回來看看是否有乩文。讀者可能會奇怪，如果我們不留下任何文字，只是過後來看，我們該如何識別哪張乩文是我們自己的呢？這就是奇妙的地方，乩文中會顯示出屬於你的名字。例如，我得到的乩文的前兩句的第一個字就是我的名字，當時我和我的女朋友一起去，她的乩文也是這樣。有人說乩文空泛概括，我認為這可能是因為提問的方式。實際上，只要問題仔細，中正核心，乩文也會回答重點。

就我自己來說，我在想要轉職之前，也有細問大仙的意見，在得到答覆後，我才決定辭職。至於有些朋友說他們看不懂乩文，其實乩文的行文是很簡潔易懂的，如果你真的不明白，你也可以把它給解籤人看，求個明白。

以下是對這兩種神通的認識和理解，第一、燒紙祈求神明回答問題：這種神通之所以被認為神奇，是因為信眾可以通過燃燒寫有問題的扶乩紙來獲得神明的回答。在這個過程中，信眾將問題寫在紙上，然後用火焚燒，這象徵著將問題傳達給神明。當紙燒掉後，信眾將獲得神明的回答，這是一個神秘的過程，讓人覺得神明具有超凡的能力。第二、在乩文中顯示出提問者的名字：這種神通之所以被認為神奇，是因為乩文中會顯示出提問者的名字，讓提問者能夠輕易地識別出自己的乩文。這意味著神明在回答問題時，能夠準確地識別出提問者的身份。這種能力讓人覺得神明具有通靈和預知的能力，能夠在眾多信眾中準確地找到提問者，並給予他們指引和建議。這種神秘的能力使得信眾對神明充滿敬畏和信仰。

現在我要在這裡分享其中一位網友收到的乩文：

乩文	黃大仙靈簽
鳳啟內地宅一事	第五十九靈籤：東施效顰 求籤吉凶：下下靈籤
珍惜轉行看定數	算命籤詩：浣溪紗女美無雙 媚至吳王國破亡
事運內有人中阻	最惱東施效顰笑 山雞豈可勝鸞凰
情開難以暫不協	事業：今年有許多事都不如意，守得住，便是
望行年底快可成	成功的開始。
可望貴人扶一參	財富：常有無謂的花費，應減少不必要開支。
能中運化風險解	自身：安份守已，是可以平安度過難關的。
必然心知明什麼	家庭：家宅不安，有女人在搬弄是非。
天炉一符簽五九	移居：一動不如一靜。當心越搬越糟。

這首乩文預測了鳳珍在內地購置房產的事情。它以其獨特的方式，提醒鳳珍要珍惜機會、審慎考慮、化解風險，同時也暗示購房過程中可能會遇到一些阻礙。然而，最終在年底前有望順利完成購房，且可能得到貴人的幫助。這裡的關鍵是，購房者需心中明白自己想要的是什麼，才能成功。

如果讀者無法理解乩文，可以到元清閣排隊，那裡有師傅免費解答。然而，在撰寫本書的過程中，筆者特意安排了多位朋友前往元清閣進行實地考察，他們均發現大仙乩文非常靈驗。他們的經驗和見聞如同滾雪球一樣，一傳百，百傳萬，引起了多所旅行社組織大量遊客來免費扶乩。為了節省時間，減少人流，元清閣不再讓信眾燒乩文，要把乩文交給工作人員節省時間。其次，求乩者需要擲「聖杯」，得到大仙准許才能提問。如果筆者多次擲杯不成功，可附上本書單據電郵給筆者，筆者會提供免費解決方案。

編者按：「擲聖杯」和「勝杯」都是中國民間信仰和道教中的一種儀式，用來尋求神明的指示。「擲聖杯」是指擲筊的過程，筊杯是這個儀式的工具，一

般是兩個約巴掌大的半月形木片，均爲一面平坦、另一面中間凸出。儀式內容是將筊杯擲出，根據落下後的形狀方位以探測神明之意。

「勝杯」或「聖杯」，在擲筊時，如果兩個筊杯一正一反，代表所請示祈求之事神明應允、贊同、可行。這稱爲「勝杯」或「聖杯」，表示神明允許、同意，或行事會順利。但如祈求之事相當愼重，多以連續三次聖杯才算數。

4.2.
大自然之力：樹葉與水

　　大自然的力量無疑是強大的。只要顧客接觸過任何一種大自然的物品，例如樹葉或水，師傅便能通過這些物品的磁場來爲他們算命。本文將首先介紹台灣的樹葉算命，接著再談論香港的問水算命。

台灣的樹葉算命：藏傳密宗的神秘力量

　　台灣的樹葉算命是一種獨特的命理學，源於藏傳密宗。這種算命方式不需要提供生辰八字，只需要告知出生年次和摘一片樹葉。算命師會通過摸樹葉的手感和感應氣場來看透一個人的一生。張天耀是台灣碩果僅存的藏傳命理專家，他鑽研西藏密宗的「樹葉算命法」已經有三十餘年。他的準確度極高，許多政商名流、明星，包括許效舜、阿雅、恬妞、涂善妮、蘇芮、孫芸芸、廖鎮漢、王文洋等都慕名而來。他的佛堂位於台北市松山區八德路四段585號，饒河夜市附近。以下是一些關於樹葉算命法的眞人眞事。

- ●孫芸芸和廖鎮漢：他們曾找張天耀詢問能否開百貨事業。他們的問題可能涉及到他們的商業計劃和未來的事業發展。張天耀通過樹葉算命給出了他的建議和預測；
- ●王文洋也找上張天耀問感情，張天耀預言只要跟呂安妮辦登記就會走上離婚一途；
- ●涂善妮：張天耀曾提醒涂善妮勿投資否則不會有好下場，結果她的輪胎店沒多久就已經著火了。

　　在香港有一名師傅是一位非常有名的占卜師，專門用水來預測未來。她每天中午12:30開門，下午1點開始派籌，星期一休息。如果您有任何問題，她都可以幫您解答。她的占卜方法非常獨特，她會在一個銅製的盤子裡放一些水，然後用一根竹籤在水面上劃動，根據水的流動和波紋，來解讀未來的

吉凶。她的占卜技術在香港非常有名，許多人都會專程來找她占卜。她的客人來自各行各業，包括商人、學生、家庭主婦等等。她的占卜結果被認為非常準確，因此她的生意一直非常好。她的店鋪雖然不大，但裡面的裝飾非常有特色，牆上掛著許多她的照片和報紙剪報，記錄著她的生活和工作。這位師傅在香港非常低調。筆者到圖書館翻查舊報紙，覓得一份報導，因該報刊已停業，現把當年報導附錄在此：

> 由於工作的關係，我有機會接觸到各種宗教信仰和神秘的儀式。大約一年前，一位來自房地產行業的朋友向我介紹了一個位於元朗錦上路的神廟，該神廟只需用一瓶普通的礦泉水就能洞察問事者的問題。出於好奇，我決定去看看。
>
> 我並未向神廟的負責人透露我的目的，以免引起不必要的注意。到達神廟後，我用三元港幣購買了一瓶礦泉水，並在瓶外寫下自己的名字，然後將它放在神台上。神廟內供奉著許多神像，大大小小的神像有數十個，但主要是佛祖和觀音。過了一會兒，一位被稱為師姐的中年女士示意我坐在神壇前。
>
> 師姐還沒有開始做任何事情，她首先說：「請你不要錄音。」這讓我大吃一驚。的確，我已經將錄音機放在包裡，但她事前並不知道。既然我已經被識破，我就坦白說明我的來意。
>
> 然後，師姐開始用手轉動那瓶礦泉水，眼睛始終盯著它。「你經常接觸到各種神秘的事情，身上還帶著很多符咒，請將它們全部丟掉，因為有些對你並不好。」師姐的語氣非常堅定。她說得沒錯，而且，師姐還問我：「你是否在不久前接過一位女聽眾的電話，她問你關於死後的世界，而且她的語氣非常陰沉？」我真的記不清了。「你知道嗎？有一個穿紅衫的女鬼在跟著你，她現在站在門外。」我全身的毛髮都豎起來了。「你站起來，我要為你做些事情。」我站在神壇前，雙手合十，師姐

口中不斷唸著經文，並向我灑聖水，我相信她正在爲我超度那個女鬼，我一言不發，氣氛非常嚴肅。

大約十分鐘後，儀式結束了。「你放心吧！她已經走了。」師姐還囑咐我以後不要再帶著一些符咒，「只要你不再吃牛肉和鯉魚，這張觀音的照片就可以作爲你的護身符。」從那時起，我再也沒有吃過牛肉和鯉魚。至於那個女鬼的事，我並沒有多問，因爲我並沒有感覺到什麼。反正如果是眞的，她已經得到了解脫，我也就安心了。

從昔日報章刊物中，我們可以看出師傅具有以下的神通：

- 洞察問事者的問題：只需用一瓶普通的礦泉水，師傅就能洞察問事者的問題；
- 識破隱藏的事物：師傅能夠識破隱藏的錄音機；
- 讀取他人的過去：師傅能夠讀取過去的事情，包括接觸的神秘事物，身上帶著的符咒，以及接過的電話；
- 看見鬼魂：師傅能夠看見跟著的女鬼；
- 超度鬼魂：師傅能夠透過儀式來超度鬼魂；
- 提供護身符：師傅能夠提供觀音的照片作爲護身符。

這位師傅在香港甚爲低調，而且地址非常難找，網上亦沒有正確訊息。如有需要，讀者可連同單據電郵予筆者查詢。

4.3.
納迪葉揭示家人姓名：神秘力量的展現

這是被「鬼王潘」形容的神通卜算術，筆者也是這樣認為。這種神奇的樹葉，能夠把你家人的姓名一一列出，這種神通比我們在4.1章節「慈善神秘之力：揭開姓名背後的故事」中提及的更要厲害。在那裡，我們提到黃大仙的神通是知道問事人的姓名，但這樹葉的神通更為強大，它甚至能說出你家人的名稱。

神通的運作方式

這種神通的運作方式是這樣的：你把你的手指膜相片發給店家，店家便會去尋找是否有記錄你人生的納迪葉。如果這個尋找葉子的步驟還未完成，你需要回答一些「是或否」的問題，因為每個人都有十幾個甚至幾十個不同的人生階段。師傅也會看看你現在走在哪一個人生階段。

尋找納迪葉的過程

師傅翻開第一片葉問：「請問你是否單身？」顧客回答：「不是。」於是師傅翻開第二片葉問：「請問你是否有一個哥哥？」顧客回答：「是。」師傅再問：「請問你是否從事服務業？」顧客回答：「不是。」然後師傅繼續翻開第三片葉，直到該葉子問的「是或否」問題，全部都是「是」為止。大約十個「是」之後，印度師傅便會讀出樹葉上你的紀錄，包括你家人的名稱，包括父母及配偶，但不包括兄弟姊妹。如果有錯的話，將會100%原銀奉還。

納迪葉的網路存在

在網上，有一家英美著名的納迪葉公司將整個解讀納迪葉的過程，包括「是或否」問題以及尋找你當下的葉子的程序，都放上了網。當然，有人會懷疑這整個程序是否為假。美國著名牧師William "Bill" McDonald Jr.也曾經看過納迪葉，他的過程也被放上了網，他也認證了這項神通，即說出

他的家人的名字和他們的過去。

納迪葉的準確性

當然，除了你家人的姓名外，其他所有已發生的事，樹葉都不能用準確來形容，而是100%無誤才能形容。筆者在網上觀看了過千篇的感受，不論那個人是在印度、泰國、斯里蘭卡、四川成都還是台灣看這個樹葉，基本上人生的歷史已發生的事情，印度師傅都能接著葉子一一說出來。最神奇的是一位來自香港的朋友。他原本預約了看納迪葉，但因多種原因多次失約。在他原本約定的日子，他的父親還健在，但在重新約定的日子見面時，他的父親剛剛去世了。令人驚奇的是，這片葉子竟能準確地說出這件事。而這位香港朋友從未向師傅透露過，他失約的原因是父親的健康狀況急劇惡化。

對神通的研究

世上有不少人都在研究這門神通，有說就是印度師傅透過你的指膜，能登入世界背後電腦的大系統，查看你家人資料及你過往經歷，而並非納迪葉所記載。但筆者是不相信這一套的，因為很多人到外國旅遊順便去看這樹葉，難道印度、泰國、斯里蘭卡背後有大系統，能登入中國、美國、德國等政府系統嗎？而且收費只是數百元美金。另外筆者不相信的理由是一些電腦系統沒有記載，例如情婦、私儲金錢等都未必有電腦紀錄，但樹葉卻道一一道出來。

神通的可能解釋

還有一種說法是這些師傅有靈通/神通，可以知道你家人的名字，而並非納迪葉所記載。首先，前文4.1提到黃大仙的神通是知道問事人的姓名，這已經是大神通，是神才能做到的事，但這神卻不會說出你家人的名字。筆者翻查紀錄，能夠說出家人名字的只有一個過世的通靈師，她的名字叫Doris Stokes (1920－1987)。她告訴Craig Hamilton-Parker他將在3月6日遇到一位名叫Jane Wallis的女性，並將成為他的妻子，他們將會有一個孩子。六年後，他在確切的那一天遇到了Jane，他們在三個月後結婚，並有一個

八歲的女兒。Doris唯一錯誤的事實是，Jane的娘家姓氏是Willis，而不是Wallis。

重申一次，這個樹葉所說你的人生歷史過去，是100%準確無誤，如有任何錯誤地方，師傅一定把錢全數退回。又，有少量客人未能看這個樹葉，因爲師傅說找不到他們的樹葉，並退款給他們。

但問題是，前事準，後事究竟準不準？筆者親身訪問了50個中港台澳及外地人士，並於下回分解。這將是我們下一篇文章的主題，敬請期待。

4.4.
納迪葉的驚人預知：深入探索你的未來

當我們踏入算命的世界，我們通常會先評估師傅是否能準確地解讀過去的事情。如果他們對過去的事情都無法準確預測，那麼他們對未來的預測就更加不值得我們的信任。然而，對於納迪葉所述的過去的事情，我們並不是用「準確」這個詞來形容，而是用「無誤」。事實上，如果師傅對過去的事情有1%的錯誤，只有99%的準確率，他們會全額退款給您。筆者在網上查看了各國看過這個納迪葉的人的評價，沒有人說過去的事情有任何的錯誤。因此，我認為我們不需要再去研究過去的事情是否準確，我們需要關注的是，他們對於未來的事情的預測是否準確。

在納迪葉的命理學中，與「3.5鐵版神數：命運如鐵板釘釘」無法改變的觀念不同，命運是可以改變的。根據英美納迪葉公司的創辦人Dr. Q Moayad的說法，每個人的納迪葉都會記錄你前世的過錯，你需要進行「法事」（正確的名稱是火供和壇城）來補償這些過錯。一旦完成這些法事，你的人生將會變得更好。因此，在納迪葉的解讀中，命運是可以被改變的。

要談論準確的事例，實在有太多了。高雄的納迪葉公司出版了一本名為《印度納迪葉Nadi Leaf: 跨次元即時通, 解讀你的靈魂藍圖》的書，其中講述了許多未來的準確故事。而Craig Hamilton-Parker在2015年出版的《Messages from the Universe: Seeking the Secrets of Destiny》的附錄中，包含了他在兩家納迪葉公司看到的逐字記錄。現在已經過去了十年，這些未來的預測是否準確，大家都可以去驗證。而Parker在近年的網上節目中也表示，他自己覺得這些預測都非常準確。

印度著名的髮型和化妝師Ambika Pillai在2015年2月23日發表的文章非常值得讀者深思，現在我將其翻譯如下：

有一天，我與我的朋友Jyoti分享了一個關於納迪葉的故事。當我講述這個故事時，她笑得前仰後合，似乎對這個故事感到非常好笑。然而，出於好奇，她還是去看了納迪葉。

在那裡，他們拿出了她的葉子，並開始讀取她的過去和現在，最後停在她的未來。他們警告她要小心駕駛，並建議她做一些法事以保護自己的安全。他們還告訴她四個月後再回來。

然而，Jyoti並沒有按照他們的建議去做，她什麼都沒做，並且忘記了他們的警告。然後，有一天深夜，我接到了一個讓人恐慌的電話。Jyoti出了車禍，情況非常嚴重。救援人員不得不剪掉周圍的金屬才能把她從車禍的殘骸中救出來。她有13根骨頭斷了，我只能感到慶幸她還活著。

當她恢復意識時，我接到了她的電話。她低聲細語地說：「Am-buuuu，納迪葉是對的，他們警告我這會發生。」她花了整整三個月的時間才恢復健康，重新站起來。這是一個讓人深思的故事，提醒我們要尊重並聆聽生命中的各種警告。

Ambika Pillai分享了她朋友的另一個故事。為了讓讀者更清楚地理解這個故事，我要感謝出版社允許我公開英文原文並進行翻譯。

Another friend Alka went. They stopped the day of her birthday... Told her from then on her world would be a bed of roses.. She came away happy but leaving me confused.. I had a whole recorded tape and written book of what they read out in my Nadi .. How could hers just stop after her bday?? Anyway, I wished I'd read between the lines.. Cause I'd have told her every day how much I loved her and how important she was to me. Alka died the day after her birthday.

翻譯如下：我的朋友Alka去了納迪葉。在她的生日那天，他們告訴她從那天起，她的世界將會如同玫瑰花的床一般美麗。她帶著快樂的心情離開，但這卻讓我感到困惑。我有一整個錄音帶和書寫的書，記錄了他們在納迪葉中讀出的內容。我不明白，她的生活怎麼可能在她的生日後就停止了呢？無論如何，我希望我能讀懂其中的含義。因為如果我能的話，我會每天告訴她我有多愛她，她對我有多重要。然而，令人難過的是，Alka在她生日的第二天去世了。這是一個讓人深思的故事，提醒我們要珍惜身邊的人，並且每天都告訴他們我們有多愛他們。

這個納迪葉的爭議非常多，尤其是關於是否存在詐騙的問題。因為所有付錢參觀過的人，師傅都會要求他們再付錢進行法事。這是否就是江湖騙術呢？我們將在下一次進一步探討。

4.5.
納迪葉的沉思：究竟是否江湖騙術

在我之前的文章中，我分享了一個關於Ambika Pillai的故事。在這個故事中，她的朋友Jyoti因爲沒有進行法事，結果遭遇了不幸。當我去看納迪葉的時候，師傅告訴我，如果我不進行付費的法事，三年後我將會遇到一場交通事故，需要住院八個月。我和Jyoti的反應相同，都認爲這可能是一種江湖騙術。

納迪葉的法事

爲了尋找眞相，我問了超過50個顧客，是否每個人都因爲不進行法事而遇到了意外。我收集到的反饋是，所有的人都因爲各種不同的原因被師傅建議進行法事，只有3個客人被師傅告知，如果不進行法事，他們將會遇到不幸。其中，第一位是一名國內的媽媽，她告訴我她花了一萬多元人民幣進行了法事，結果成功地避過了一場災難。第二位是一個來自澳門的人，他本身就是從事靈界工作的，他選擇自己進行法事，並沒有付出任何費用。

第三位是一位台灣男士，他付費進行了法事，但他的腳還是在樹葉所預言的年份和月份受到了重傷，這讓我感到非常驚訝。在細問之下，我才明白原來師傅並沒有說進行法事就能己完全避過災難，法事只是能讓他的人生更加順利。這位台灣男士告訴我，他對於這場意外感到非常感恩，因爲在樹葉解讀他的事業時，曾經說過他將在未來的某一年在網絡生意上取得重大的成功。他最初聽到這個預言時感到非常困惑，因爲他並不從事網絡生意。然而，由於這次的意外，他在醫院的時候開始學習如何經營網絡生意，現在他在台灣已經成爲了一位網紅。

納迪葉的由來

那麼，這個納迪葉到底從何而來呢？我問過世界上不同的納迪葉公司，他

們給出了各種不同的解釋。有的說它是二千多年前由僧侶所寫，有的說它是五千多年前所寫，還有的說它是在諾亞方舟來臨之前，由靈魂刻在葉子上的。更有一說是Saptarishis(聖哲)透過瑜伽或星界的微妙靈魂對話，記錄了特定被選中者的生命故事，這些對話的精髓被逐行記錄在納迪葉上。印度Tamil Nadu的Thanjavur's Saraswati Mahal圖書館原本收藏了所有的納迪葉和手稿。然而，部分手稿遭到毀壞，據說英國人從寺廟圖書館中移走了這些手稿並將其拍賣。自古以來，位於南方小鎮Vaitheeswaran Koil的占星家族就是這些棕櫚葉的守護者。

無論是多少年前，這片樹葉每隔一段時間就會有人重新抄寫，然後存放在印度的圖書館中，任何師傅都可以去取閱，並讀出印度以外的人的命運，例如中國香港、美國、英國等地的人。對於這個故事，我表示完全不相信。經過幾千年的時間，全球有那麼多的人，每個人都有多片樹葉，那麼印度的圖書館得有多大呢？再者，如果印度真的擁有全球人的資料，為什麼印度政府會任由師傅去取閱並解讀呢？這個印度圖書館的經費又是由誰來支付的呢？我對這一切都表示懷疑，我不相信納迪葉的由來，但這並不代表我不相信他所說的未來。

納迪葉騙術假說 - 為何印度師傅能說出我、家人及配偶名字？

我們常常誤以為，在與師傅Guru進行15-30分鐘的對話，並回答一些yes no question的過程中，師傅能夠不用筆記就推斷出我們的父母和配偶的名字。當然，這其實是不可能的。我們忽視了一個重要的部分，那就是在對話之前的數日、數星期甚至數月的時間裡，師傅會索取我們的指紋並尋找樹葉。事實上，印度人已經建立了一套從指紋算命學，也就是說，他們能夠通過觀察指紋來推算出你身邊人的姓名。我曾親眼見過類似的學問，例如在廟街，有師傅能夠僅憑看掌紋就猜到你的姓氏。然而，印度人的算命術並不看掌紋，他們看的是指膜。舉個例子，讀者請看下圖D點，該拇指上有破碎的螺旋和輪形半圓，這表明這個人將從不同的來源收到污染的錢，並且所有這些收入都將以相同的方式被花掉。他將患有胃部和神經疾病。雖然他可能會

有很多後代，但只有少數會存活下來。當女士的拇指上有這種螺旋和輪形時，這意味著家庭生活中會有很多摩擦，並且會失去心理平衡。

圖片來源：Rao, R. G. (2014). Your Destiny in Thumb: Indian System of Thumb Reading with 200 Illustrations. Ranjan Publications.

　　通過這數日至數月的時間分析指膜，印度師傅大概能猜到家人配偶名字發音的可能性。他們並不是用英文串法，而是根據發音。如果他們猜不到的話，他們會說找不到你的葉子，不收錢或把收了的錢退給你。

No	Nakshatras(星宿)	Namaksharas(音節)
1	Ashwini	chu, che, cho, laa (चु, चे, चो, ला)
2	Bharani	li, lU, le, lo (लल, लू, ले, लो)
3	Krittika	A, E, U, a (अ, ई, उ, ए)
4	Rohini	o, vaa, vi, vu (ओ, वा, लव, वु)
5	Mrigashira	ve, vo, kaa, ki (वे, वो, का, लक)
6	Ardra	kU, gha, gna, cha (कू, घ, ङ, छ)
7	Punarvasu	ke, ko, haa, hi (के, को, हा, लह)
8	Pushyami	hu, he, ho, Daa (हु, हे, हो, डा)
9	Ashlesha	Di, Du, De, Do (लड, डु, डे, डो)
10	Magha	maa, mi, mu, me (मा, लम, मु, मे)
11	Poorva Phalguni	mo, Taa, Ti, Tu (मो, टा, लट, टु)
12	Uttara Phalguni	Te, To, paa, pi (टे, टो, पा, लप)

13	Hastaa	pu, Sha, Na, Tha (पु, ष, ण, ठ)
14	Chitra	pe, po, raa, ri (पे, पो, रा, लर)
15	Swati	rU, re, ro, taa (रू, रे, रो, ता)
16	Vishakha	ti, tU, te, to (लत, तू, ते, तो)
17	Anuradha	naa, ni, nU, ne (ना, लन, नू, ने)
18	Jyeshtha	no, yaa, yi, yU (नो, या, लय, यू)
19	Moola	ye, yo, baa, bi (ये, यो, बा, लब)
20	Poorvashada	bu, dha, bha, Dha (बु, ध, भ, ढ)
21	Uttarashada	be, bo, da, ji (बे, बो, ड, लि)
22	Shravana	shi, shU, she, sho (लि, लू, ली, ली)
23	Dhanishta	gaa, gi, gU, ge (गा, लग, गू, गे)
24	Shatabhisha	go, saa, si, sU (गो, सा, लस, सू)
25	Poorvabhadra	se, so, da, di (से, सो, द, लद)
26	Uttarabhadra	du, ja, chna, tha (दु, लि, ञ, थ)
27	Revati	de, do, chaa, chi (दे, दो, चा, लच)

說明：這是算出配偶姓名發音，印度師傅所用的表格

　　到了見師傅的那天，師傅只需憑幾個簡單的yes no question，便能把一些家人配偶名字的可能性刪去，最後便把家人配偶名字說出來。這就是他們的方法。舉個例子：

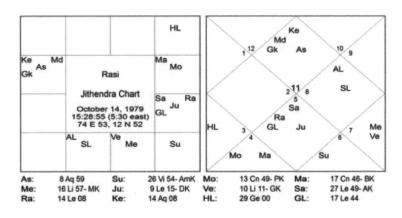

As:	8 Aq 59	Su:	26 Vi 54- AmK	Mo:	13 Cn 49- PK	Ma:	17 Cn 46- BK
Me:	16 Li 57- MK	Ju:	9 Le 15- DK	Ve:	10 Li 11- GK	Sa:	27 Le 49- AK
Ra:	14 Le 08	Ke:	14 Aq 08	HL:	29 Ge 00	GL:	17 Le 44

　　上圖一個根據男性指紋分析所推算出的模型。他的Lagna（升宮）是Kumbha（寶瓶座），因此他的第七宮落在Simha Rashi（獅子座），而獅子座的宮主Surya（太陽）位於Kanya（處女座），並且是Vargottama（本位）。他的Nakshatra（星宿）是由Kuja（火星）統治的Chitra，而Kuja位於Karka Rashi（巨蟹座），與其宮主Chandra（月亮）一起。

　　根據Nadi文本，Karka Rashi象徵著河流、海洋等。此外，Karka Rashi也被視為Lord Brahmalaya（梵天的住所），在這裡，Guru（木星）被提升。位於Karka Rashi的Guru被稱為Lord Brahma（梵天）。這是因為Meena Rashi（雙魚座）是Lord Vishnu（毗濕奴）和他的配偶Mother Lakshmi（吉祥天女）進行Yoga Nidra（瑜伽睡眠）的地方，而Karka Rashi是他的Nabhi（肚臍），Lord Brahma從這裡誕生。這意味著他的配偶的名字應該是流經Brahmalaya的河流的名字，即Alakananda（阿拉坎南達河）。

　　由於Surya位於Kuja的Nakshatra中，Mesha Rashi（牡羊座）由Kuja和Surya的第一個Nakshatra Krittika（昴宿）在Mesha Rashi中，Krittika的namakshara（名字的音節）是「A」。因此，他的配偶的名字應該以「A」開頭。現在Karka Rashi有行星Kuja，這代表Shakti（力量）或能量，Chandra代表流動的水，由於上述原因，他的配偶的名字發音應該是Alakananda，這是

正確的。

納迪葉騙術假說 - 算命結果爲什麼那麼準？

世界確實存在著納迪葉的世代抄寫傳承。印度Jawaharlal Nehru University助理教授Panchanan Bhoi在2004年的研究中揭示，納迪葉在不斷的抄寫和傳承過程中，其內容其實經常被修改，他們會加入一些人生的道理供後人參考。

印度師傅 Satyanarayana Naik 寫了十多本在AMAZON上的暢銷書，主要研究納迪葉。在他的著作中，他分享了這樣一個經歷：他的朋友Mr.R.Narasimha Murthy在1977年訪問了Chidambaram並看了納迪葉。幾年後，Mr.R.Narasimha Murthy 去找了位於 Bangalore 的 Sri R.G.Rao（即 Your Destiny in Thumb: Indian System of Thumb Reading的作者），R.G.Rao利用指紋算命術算出的結果，與Mr.R.Narasimha Murthy 1977年納迪葉的解讀結果一致。Satyanarayana Naik翻查了300頁的占星術書籍，並在第229頁找到了 Mr.R.Narasimha Murthy 的星盤，其占星算命結果亦與R.G.Rao和1977年納迪葉解讀一致。這令人不禁懷疑，這個世界上是否眞的有納迪葉解讀，還是只有能說出你家人和配偶名字的算師師。

溫馨提示

讀者相信幾千年前的人會爲你寫下樹葉嗎，還是認爲納迪葉只是一種騙術呢？讀者可以親自去嘗試一下。根據英美納迪葉公司的創辦人Dr. Q Moayad的說法，網路上有99%的解讀都是僞造的。我也曾遇到這樣的解讀師，他們未能提供我的父母的名字，卻要收取高昂的費用。如果讀者有興趣尋找眞正的納迪葉解讀，請將本書收據電郵給我，我可以免費爲你介紹。

4.6.
前世今生：免費全球第一大師帶你看

在我們的生活中，前世的影響總是一個神秘且引人入勝的話題。在我之前的文章中，我曾提到過這個主題，包括2.4章節的「元辰宮秘法：神秘風水與運勢的提升」和2.5章節的「阿西卡傳統：前世神秘力量改變命運」。然而，這些文章主要是由專業的師傅來解讀的，雖然可以自學，但都需要時間和學費。今天，我要介紹的是一種免費的方法，全球權威將教我們如何自己免費查看自己的前世。我也曾經嘗試過這種方法，確實是免費且可行的。

首先，讓我們來認識一下 Dr. Brian Leslie Weiss M.D，他是一位美國精神科醫生、催眠治療師，以及專門研究前世迴歸的作者。他的著作涵蓋了輪迴、前世迴歸、未來生活進展，以及靈魂死後的生存。根據Weiss博士的說法，1980年，他的一位病人Catherine在催眠狀態下開始討論前世經驗。當時的Weiss博士並不相信輪迴，但在通過公共記錄確認了Catherine故事中的元素後，他確信了人類個性的某種元素在死後會生存。他對Catherine開始回憶前世創傷，這些創傷似乎是她反覆發作的噩夢和焦慮發作的關鍵，感到驚訝和懷疑。

　　另一位專門進行前世迴歸的治療師Eric J. Christopher，他的網站上提供了另一個前世迴歸的案例。例如，有一個案例描述了一位女性如何通過前世迴歸治療克服了對高度的恐懼。在前世迴歸中，她發現在過去的生活中，她從懸崖上摔下來並死亡。這個案例顯示了前世迴歸如何幫助解決情緒問題。

　　Weiss博士聲稱，自1980年以來，他已經讓超過4,000名病人回溯到前世。Weiss博士主張催眠迴歸作為治療，並聲稱許多恐懼和疾病都源於過去生活的經驗，病人對這些經驗的認識可以產生治療效果。Weiss博士在全美國各地舉辦工作坊，解釋並教授自我迴歸冥想技巧，但這些研討會門票永遠都會火速售罄。而筆者即將在此免費公開Weiss博士的自我迴歸冥想技巧：

- ●放鬆身心：首先，你需要找一個安靜舒適的地方躺下，並進行深呼吸以放鬆身心。你可以播放一些輕鬆的音樂或燃燒一些香薰來幫助放鬆。
- ●回想過去的事情：在心情放鬆的狀態下，開始回想你自己過去的事情。這可以是最近的事情，也可以是幾年前的事情。
- ●回想童年和嬰兒時期的回憶：然後，試著回想你的童年回憶和嬰兒時期的回憶。這可能需要一些時間和耐心，因為這些回憶可能已經被你遺忘了。
- ●回想在母親肚子裡的回憶：接下來，試著回想你在母親肚子裡的回憶。這可能會更加困難，因為這些回憶可能從未被你意識到過。

- 看到光並打開門：在回想完這些回憶後，你會看到一道光。在光中，你會看到一扇門。當你打開這扇門後，你就能開始看到你的前世。

如果在過程中感到不適，應立即停止。進行前世迴歸可能會引起以下的強烈情緒反應：

- 恐懼或焦慮：當人們回憶起可能是痛苦或恐怖的過去生活經驗時，可能會感到恐懼或焦慮。
- 悲傷或哀傷：回憶起過去生活中失去親人或朋友的經驗可能會引起悲傷或哀傷。
- 憤怒或憤慨：如果過去生活中有被背叛或不公平對待的經驗，可能會引起憤怒或憤慨。
- 困惑或迷茫：對於過去生活的記憶可能會讓人感到困惑或迷茫，特別是當這些記憶與現在生活的經驗相矛盾時。

筆者強烈建議讀者們嘗試探索自己的前世。首先，筆者想分享自己的前世經驗。第一次，我看到自己在清朝時期擔任官員，然後因為犯錯而被處以死刑，我跪在地上懇求，但是否逃過一劫則未能看到。我確信這不是夢境，而是前世的記憶，因為我發惡夢時並不會出冷汗，但這次看完後，我卻全身都是大汗!第二次，我看到自己從事文物保護工作。這兩次的前世記憶讓我更加明白，為什麼我會從事與大學相關的工作，為何總是會犯錯被上司痛罵，或者為何會從事文化工作，例如寫書等，原來這些都與我前世的記憶有關。

在精密的學術科學研究中，學者們普遍認為觀察自己的前世記憶是有益的。例如：

- Heather S. Friedman Rivera在《The International Journal of Regression Therapy》上發表了一篇關於前世迴歸治療效果的研究。她進

行了一項網路調查，收集了各種年齡、性別、宗教背景和經驗的人對前世迴歸的反饋。結果顯示，前世迴歸有可衡量且一致的益處，並揭示了主要的益處類型、程度和人口統計影響因素。最常見的益處是受訪者對死亡的恐懼減少。

●Kellye Woods和Imants Barus的研究在《Journal of Scientific Exploration》上發表，該研究關於前世迴歸可能帶來的心理福祉的實驗研究。他們的研究發現，在治療中被建議思考他們過去生活的人在某些方面感覺更好，與被給予開放建議的人相比。這項研究的結果證明了前世迴歸可以提高心理福祉，並改變對意識和現實的基本信念。

如果讀者有興趣自我尋找前世，請將本書收據電郵給我，我可以免費把 Dr. Brian Leslie Weiss M.D 自我迴歸冥想的教學片段(具中英文版本)發予您。這是一個難得的機會，讓我們一起探索我們的前世，並從中學習和成長。我們的前世記憶可能會揭示我們的恐懼、疾病、情緒問題的根源，並幫助我們在現世中找到解決問題的方法。讓我們一起踏上這個神秘而有趣的旅程吧!

4.7.
連接高我：你的高階靈魂

　　「高我」是一種超越心智和人格的存在，也被稱爲靈性自我、靈魂或本我。它是指人類內在的智慧之源。很多人對「高我」的解讀，就像對「內在小孩」一樣抽象，甚至還多了一分撲朔迷離的神秘感。而其實「小我」是每人原有意識的「低頻創傷意識」，「高我」則是我們原有自我意識的「高度覺醒狀態」。

高階靈魂：經歷轉世學習的靈魂

至於「高階靈魂」，這個詞並沒有明確的定義。在一些靈性學說中，「高階靈魂」可能指的是經過多次轉世學習和成長，達到一定覺醒和理解程度的靈魂。

至於「高我」和「高階靈魂」的關係，這可能取決於不同的靈性學說和理解。一種可能的解釋是，「高我」是我們靈魂的一部分，它代表我們靈魂的智慧和覺醒狀態。而「高階靈魂」則可能是指達到一定覺醒程度的靈魂。因此，我們可以說，「高我」是「高階靈魂」在個體層面的體現。

透過連接「高我」，我們可以更深入地了解自己的內在世界，包括我們的思想、感覺和行為。「高我」是我們內在智慧和靈性的源泉，它持有我們生命目的和靈魂使命的密碼。當我們面對生活中的選擇和挑戰時，「高我」會提供最有利於我們靈魂成長的建議和方向。另外，連接「高我」可以帶來生活的改變。例如，有人在連接「高我」後，從餐餐無肉不吃，不到三天的時間，自動轉成多菜少肉者；有人會自發覺醒，不再賴床而早起運動；小孩打電玩的次數自動減少。

Neale Donald Walsch：與神對話的經驗

Neale Donald Walsch 是一位美國知名作家，他的代表作是《與神對話》(Conversations with God)系列。他的經歷是一個深深地與「連接高階靈魂」相關的例子。他曾經歷過一次深度的個人危機，包括失業、婚變、車禍，甚至流浪街頭。在他的書中，他分享了他如何通過與「神」的對話，連接到他的「高我」，並從中獲得智慧和指引。分享了他在一段人生低谷時期，對生活感到困惑和沮喪的經歷。有一天，他在半夜醒來，感到無助和絕望，於是決定給上帝寫一封信，詢問他生活中的困難和問題。出乎意料的是，當他寫完問題後，他突然感到一股強烈的靈感，似乎有來自更高層次的存在在回答他的問題。他開始將這些答案記錄下來，形成了一系列與「神」的對話。這些對話涵蓋了許多主題，包括愛、恐懼、生死、靈性、宗教和人類的目的等。

Neale Donald Walsch透過這些對話，開始了一段自我探索和靈性成長的旅程。他認爲與「神」的對話，實際上是他與自己內在的「高我」進行的連接。這個「高我」是他的眞實本性，擁有無盡的智慧和愛。通過與「高我」的對話，他學會了如何面對生活中的挑戰，並找到了自己的人生目標。他的經驗證明了，無論我們的生活狀況如何，我們都有能力連接我們的「高階靈魂」，並從中獲得智慧和力量。

如何連接高我：使用「solfeggio」頻率

網上教學通常會引導你建立一個內在的安靜空間，並透過冥想和靜心來連接你的「高我」。這些方法能幫助你放鬆身體，平靜心靈，並進入一個更高層次的意識狀態。一旦你建立了這樣一個內在的安靜空間，下一步就是開始與你的「高我」進行對話。你可以通過提問或尋求指引的方式來進行這種對話。然而，有許多人在這個過程中並未能成功，原因可能是他們沒有利用到「solfeggio」的幫助。「solfeggio」是一種古老的音樂頻率，被認爲可以幫助人們更好地連接自己的「高我」。這些頻率可以調整我們的能量場，幫助我們進入一種更深層的冥想狀態，從而更容易地連接到我們的「高我」。因此，如果你在連接「高我」的過程中遇到困難，你可以嘗試使用「solfeggio」的音樂頻率來幫助你。你可以在網上找到許多關於「solfeggio」的資源，包括音樂、冥想指導等。通過持續的實踐和嘗試，你可能會發現「solfeggio」能夠有效地幫助你連接到你的「高我」，並在你的生活中帶來積極的變化。

香港城市大學的杨谓昱博士在2023年對「solfeggio」頻率如何影響幸福感進行了詳細的文獻回顧。他發現solfeggio頻率可以影響大腦活動，提升幸福感，並爲聲音療法的設計提供參考。因此，如果你在連接「高我」的過程中遇到困難，你可以嘗試使用「solfeggio」的音樂頻率來幫助你。這些頻率可以調整你的能量場，幫助你進入一種更深層的冥想狀態，從而更容易地連接到你的「高我」。

總結：探索內在世界的旅程

總結而言，「高我」和「高階靈魂」是兩個深奧且引人入勝的概念，它們都涉及到我們的內在存在，並與我們的覺知、理解和成長有著密切的關係。通過連接「高我」，我們可以更深入地了解自己的內在世界，獲得智慧和力量，面對生活中的挑戰。而「solfeggio」音樂頻率可能是一個有效的工具，幫助我們更容易地連接到「高我」，並在生活中帶來積極的變化。讓我們勇敢地探索這些神秘的領域，開展一段自我探索和靈性成長的旅程，並在這個過程中不斷地創新、前瞻和鼓勵自己。希望這篇文章能對你的旅程有所啟發和幫助。祝你在探索「高我」和「高階靈魂」的道路上一切順利！

4.8.
問米：祖先指點

　　「問米」，在中國的傳統民間信仰中，被視爲一種神秘而古老的通靈行業。這個行業的靈媒，多數爲年老的婦人，我們俗稱她們爲「覡婆」（問米婆）。她們受聘於客人，將指定的靈魂從靈界請上人界，並附身於通靈者身上，與客人進行對話。這種儀式進行時，旁邊總會放置一碗白米，因此，當地人將其稱之爲「問米」。

　　這種行業在幾千年前的古中國已經存在，當時稱爲智者的人聲稱能與神靈或鬼靈溝通，懂占卜及天文地理，女性被稱爲「巫」，男性則被稱爲「覡」。而「問米」，則屬於召靈術的一種，召靈又可分爲召神靈及鬼靈兩種。

　　在《聖經‧撒母耳記上》中，也明確記載了問米的事情。

　　28:8 於是掃羅改了裝、穿上別的衣服、帶著兩個人、夜裡去見那婦人‧掃羅說、求你用交鬼的法術、將我所告訴你的死人、爲我招上來。

28:9 婦人對他說、你知道掃羅從國中剪除交鬼的、和行巫術的·你爲何陷害我的性命、使我死呢。

28:10 掃羅向婦人指著耶和華起誓、說、我指著永生的耶和華起誓、你必不因這事受刑。

28:11 婦人說、我爲你招誰上來呢·回答說、爲我招撒母耳上來。

28:12 婦人看見撒母耳、就大聲呼叫、對掃羅說、你是掃羅·爲甚麼欺哄我呢。

28:13 王對婦人說、不要懼怕·你看見了甚麼呢·婦人對掃羅說、我看見有神從地裡上來。

28:14 掃羅說、他是怎樣的形狀·婦人說、有一個老人上來、身穿長衣。掃羅知道是撒母耳、就屈身、臉伏於地下拜。

28:15 撒母耳對掃羅說、你爲甚麼攪擾我、招我上來呢。掃羅回答說、我甚窘急·因爲非利士人攻擊我、神也離開我、不再藉先知、或夢、回答我·因此請你上來、好指示我應當怎樣行。

28:16 撒母耳說、耶和華已經離開你、且與你爲敵、你何必問我呢。

這段經文中，掃羅王的行爲被視爲一種偏離神的旨意的行爲，因爲他試圖通過非神定的方式來尋求未來的知識。

進行「問米」儀式的準備

在尋找「問米」時，我們最怕的就是遇到那些假扮先人上來的人。一般來說，當問米婆稱先人上來時，我們會問仙人是否收到我們後人燒的紙錢，除了一般的金銀紙錢外，還有一些特別的紙紮，例如飛機、汽車、手機、電玩等。如果問米婆能準確回答，那就表示眞的是先人上來了。

爲了進行問米儀式，我們需要準備以下物品和步驟：首先，我們需要一張矮供桌和一個矮板凳，因爲地基主的形象通常很小，所以供桌的高度最好不要超過膝蓋。至於供品，我們以葷食爲主，可以選擇雞腿便當或炸雞腿等。但是要注意的是，這些食物不可以切開。

而在水果方面，我們需要準備三種，最好選擇一些能象徵吉利的水果，例如鳳梨（代表旺來）、蘋果（代表平安）、橘子（代表吉利）或柿子（代表事事如意）。除了一串水果或者一個較大的水果外，其他水果都要準備單數。

　　此外，我們還需要準備三杯酒或茶水，兩個10元的硬幣用於擲筊，地基主專用的金香和香，以及一個用紅紙包裹的鐵鎚。另外，我們還可以另外準備一些有象徵意義的餅乾或飲料，例如乖乖等，作為額外的供品。

　　以下是一位讀者在香港某處多次「問米」的經驗，他表示非常準確，詳見故事如下。

　　每次我去拜訪那位著名的「問米婆」時，她總是有各種不同的需求，這使得每次的拜訪都充滿了未知和期待。因此，我需要提前預約，並根據她的要求準備禮物。記得上次去見她時，她要求我帶上一包五斤的大米和五個新鮮的水果。

　　半年前，我曾經拜訪過她，那時她的預測非常準確，讓我印象深刻。她預言了一些我當時難以相信的事情，但後來都一一實現了。最近，我又去請教她一些問題，她的回答讓我感到非常驚訝，也讓我對她的能力有了更深的認識。

　　我向她詢問了關於我哥哥的靈堂照片，她表示非常滿意，並稱讚哥哥看起來很帥。當我問哥哥的下落時，她說我們心裡最清楚，並建議我們多拍幾張照片以紀念他。她還讓我給她拍一張照片，並提醒我別忘了這件事。

　　有一天晚上，我夢到母親去世了，這讓我對沉默不語的情況感到很不滿。在夢中，我站在她床邊向她提問，但她在我開口前就說出了答案。這讓我非常驚訝，因為母親的回答和語氣都非常準確，讓我對她的

準確性有了更深的信心。

　　我還詢問了哥哥，他的回答也非常準確。哥哥是一位仁慈的醫生，從小到大一直都很和藹，我從未見過他發脾氣。他告訴我們不用擔心他，因為佛祖會親自來接他走，並提醒我們不要說他已經去世，而是說他去了一個很遠的地方，這讓我們都感到安慰。

　　經過這次經歷，我對「問米婆」的準確性感到非常驚訝和感激。這個故事讓我更加相信算命師和靈界的存在，也讓我們對生命和死亡有了更深的理解。我們將繼續尊重並感謝他們的指導，並將這些經驗視為我們生活中的重要一部分。

「問米」不僅是一種古老的通靈行業，也是一種讓人們與已經已經去世的親人溝通的方式。當一個人意外去世，家人往往會有許多未解的疑問和掛念，這時「問米」就能提供一個機會，讓他們得到一些安慰和答案。事實上，當面臨無法解釋的死亡或意外死亡時，警方有時會提議家屬尋找「問米」，以尋求更多的信息和線索。

　　然而，要注意的是，並非所有的「問米」都是真才實料。因此，我們建議讀者在尋找「問米」時，要謹慎選擇，並儘量尋找那些有良好口碑和經驗豐富的「問米」。讀者可以根據收據電郵讀者，免費查詢哪些「問米」的是有真才實料。

4.9.
三清靈寶天尊與太子哪吒

在繁華的香港，有一位神秘的女士自稱爲太子哪吒的轉世，並聲稱她有能力請得三清靈寶天尊降臨凡間以解答人們的問題。在我們深入探討這位女士的神秘故事之前，讓我們先來了解一下這些大神的背景。

- 三清靈寶天尊是道教神話中的最高神祇，他們代表著道教宇宙的根本原理。他們分別是：元始天尊(代表宇宙創造的力量)，靈寶天尊(代表宇宙運行的力量)，道德天尊(代表道教的道德觀念)。三清靈寶天尊被認爲是宇宙的創造者和統治者，是道教信仰的核心。
- 太子哪吒則是中國神話中的一位著名英雄。他是風火輪的主人，擁有強大的力量和神奇的武器。哪吒出生於東海龍王敖廣的大臣李靖和夫人的家庭，後來因爲一系列的冤屈而與東海龍王家族發生衝突，並從此開始了他的英勇事跡。在哪吒的故事中，他經常與邪惡的妖怪和神祇作戰，保護百姓，最後成爲了一位尊貴的神祇。

太子哪吒通常被認爲是道德天尊(遵循道教的道德觀念的三清靈寶天尊之一)的弟子。在神話的某些版本中，道德天尊在哪吒從一個叛逆的青年轉變爲正義的神祇過程中扮演著重要角色。在道德天尊的指導下，哪吒學習道教的原則，修養自己的道德品格，並獲得了強大的魔法技能。在這方面，他們之間的關係可以描述爲師徒關係，道德天尊是哪吒在追求精神成長和成爲人民保護者過程中的指導力量。

在現今世界中，有許多人自稱轉世爲某些神祇，甚至有人自稱是觀音轉世。這種行爲往往被人們嘲笑，因爲它顯得不切實際。然而，有一位自稱太子哪吒轉世的女士卻擁有眞實的神力。根據多名讀者和網上意見的綜合，她擁有一項神通能力，稱爲「通天眼」。她只需知道你家的地址，便能看到你家

中的物品，例如客廳台面上擺放了什麼神像或神佛，她都能看到。甚至有一位讀者告訴我，他家中有一個長年不使用、無人知曉的小地牢，而這位女士卻能夠描述出該地牢的情況，這證明她的能力不可能是事先安排人員拍照而來的，而是真實存在的神通能力。

另一個神奇的例子是一位母親讀者與我分享的。她的兒子從出生起就缺少了一個器官，需要長期接受醫療檢查。有一天，當兒子的病情惡化需要進行手術時，母親立刻向師傅尋求幫助。師傅說，原來是丈夫的親屬曾經在泰國進行過一些法事，結果報應落在了兒子身上。母親細問之下，發現這確實是真的。師傅還教這位母親去某個廟宇購買一些物品，自行進行法事。結果，這位兒子的病情並未惡化，也無需再進行手術。

這位師傅的高超之處在於能看見你的前世，然而他也有一定的脾氣。曾經有一位讀者因為他的前世被評價為很差，而遭到師傅的痛罵，具體有多差我在這裡就不方便透露了。師傅在收了他的錢後，開始破口大罵他的前世，甚至將他趕出道壇，並且沒有退還他的錢。這位讀者朋友真是可憐，付了錢卻沒有得到想要的答案，反而因為前世的事被罵並趕出去。他的前世與他有關嗎？可以說有，也可以說沒有，我今生來付錢問事，怎麼會因為我的前世被罵呢。換句話說，這位師傅雖然有脾氣，但也可能真的看到他的前世很差，所以才會發脾氣。

另一個師傅發脾氣的例子是發生在我朋友身上。師傅預見到我朋友未來會背著妻子與其他女人有所接觸。我朋友堅決否認這種情況，因為師傅所說的女子是他辦公室的一位同事，朋友表示他不會在工作場所產生私人情感。的確，在網上討論區上，有些網友都說師傅對未來的預測不準確。筆者也有這種看法，因為我們的未來有許多可能性，師傅只是看到其中一種可能性就大驚小怪。

還有一點值得一提的是，這位師傅最喜歡讓人改名，這是根據你的五行（

金、木、水、火、土)來進行的。當然,這位師傅不需要問你的出生年月日時間,就能知道你的五行屬性。但是,很多人都不願意改名,因為改名後所有的官方文件都需要修改,這非常麻煩。結果,當他們再去找師傅時,就會被師傅罵說他們怎麼不聽她的建議呢。

這位師傅除了經常罵人之外,也總是遲到幾個小時,因為她需要時間來上香並等待大神降臨。當然,當大神降臨後,她的說話方式會變得非常不同,例如「愛來」其實是「由來」或者「從來」的意思,「一載」則是「一年」的意思等等。

儘管如此,師傅的確仍然有大量的客戶,要預約可能需要等待三至六個月。這是因為師傅擁有看到前世和通天眼這兩種神通,後者可以不用親自上門就能設置風水陣,而前者則能看到疾病,甚至是朋友和情侶之間的關係,例如前世兩人之間是有恩還是有怨,是欠債還是討債等等。

讀者可以憑據單據,通過電郵向筆者免費索取師傅預約的相關資訊。提醒各位讀者,見到師傅時,不要叫她「師傅」,而應該叫她「大神」,因為她是太子哪吒的轉世,並能邀請三清靈寶天尊降臨凡間來解答問題。這也是筆者見過的最厲害的師傅,其他師傅的厲害只在於他們的「神通」,而這位師傅卻能夠請神靈降臨。

編者按:關於大神對筆者的批示,可見後續章節「5.1.健康星象:宇宙能量與身體和諧」及「5.10.未來方向指南:算命幫你掌握人生轉捩點和未來方向」。

4.10.
泰國龍王的神通展示：超凡的神秘力量

　　白龍王，這位泰國華人，被認為是龍神「白龍王」附身其上。他的預言能力令人驚嘆，例如他曾經為電影《無間道》命名。他能為信徒指點迷津，做出神諭及預言，並為人祈福。白龍王廟位於泰國的是拉查府，距離曼谷約100公里。廟內的大殿供奉著白龍王像，殿內也佈置滿了白龍。信徒只能在週五，六，日的早晨，問白龍王事。他的影響力深遠，連許多娛樂圈和商界的名人，如劉德華、周杰倫、黎明等，都是他的信徒。

白龍王的神蹟

　　白龍王的神蹟眾多，以下是一些被廣泛傳述的例子：

- 據說白龍王在13歲時開啟了「天眼」，也就是「第三眼」，能透視他人的過去與未來。他在夢中兩度見到道教神祗太上老君身旁的白龍顯靈，醒來後得到占卜吉凶的能力。
- 白龍王曾為電影《無間道》命名，該電影後來票房大收，獲獎無數。他還曾為影視大亨林建岳指點迷津，包括各項投資計劃、動土、開戲等。
- 泰國著名商人黃子明的兒子黃創山曾向白龍王請教創業問題，白龍王給出的建議後來證明非常準確，黃創山的事業在香港順風順水。
- 坊間流傳白龍王連天災都可以預知，有香港信徒指白龍王早在2004年南亞海嘯前，便已預知「泰國將有大災難」，並勸他當時要趕快離開泰國。

白龍王的去世與接班人

　　白龍王於2013年8月17日因支氣管病惡化在家中病逝，享年76歲。他的死對整個亞洲華人圈產生了巨大的震動。白龍王的小女兒在他去世兩個月後的扶乩儀式中被選為接班人，並在眾人見證下，受加冕正式成為「黃龍王」。

然而，黃龍王的人氣並未達到白龍王的水平。她的加冕儀式只有大約50名信眾來接受「黃龍王」的祈福，人氣明顯比父親差了一大截。黃龍王留學美國，精通中英文。她幾年前罹患登革熱，痊癒後宣稱得到掌管醫藥的「黃龍王」神力，但並未得到各界認同。

金龍王的崛起

許多尋求神秘力量和庇佑的人開始尋找其他具有類似影響力和地位的宗教領袖。在這個過程中，金龍王逐漸引起了人們的關注。金龍王在泰國華人社群中的地位逐漸上升，他擁有龍潭聖地，這個聖地吸引了大量信徒和遊客。金龍王被認為具有超自然能力，可以治療疾病、預知未來、驅邪以及帶來財富和好運。這使得他在泰國和其他東南亞國家的華人社群中逐漸受到歡迎。金龍王的興起也可以歸因於他結合了佛教、道教和民間信仰元素的教導，這種多元化的信仰體系讓不同信仰背景的人都能找到共鳴。此外，他強調慈善、道德和懺悔，這也使得更多人認同他的教導。

現在金龍王這個名字已經傳遍四海。他似乎有著神秘的能力，可以洞悉你的內心世界，無論是你過去經歷的事情、當下在想的念頭，還是未來可能遇到的狀況，都無法逃脫他的眼睛。他一開口就能說出你的生辰八字，也就是你的出生年月日時辰，讓人對他的能力感到驚嘆和敬佩。

金龍王每年都會到不同的國家和地區與信徒進行問事，大約收費數千元港幣，每次問事後，金龍王都會推薦信徒購買一些聖物，價格大約在數千至數萬元港幣之間。一般來說，信徒都會購買這些聖物，因為在那十分鐘的問事中，金龍王能夠清楚地講述信徒的過去，並告知他們未來的命運。其中一位讀者告訴筆者，金龍王竟能夠說出他前女友所居住的地方附近的建築物，這種神通令他購買了金龍王推薦的聖物，花費不到一萬元港幣。另一位朋友多年前見過金龍王，後者預言他將來會有一些法律糾紛，至於這些糾紛是否解決，朋友沒有提及，所以筆者無法在此進一步描述這個故事。值得一提的是，網上存在許多聲稱販賣金龍王聖物的店舖，他們將幾十元人民幣的廉價

商品以幾千元港幣的高價出售，讀者切勿輕信！

以下是三位讀者在請教金龍王之後，發給作者的電子郵件分享：

在這個特別的日子裡，我有幸能在香港見到泰國的金龍王。這是一次難得的機會，讓我有機會與他面對面的交談。金龍王的氣場強大，他的眼神深邃，仿佛能看透人心。他指點我，讓我明白了許多事情。他說他知道我過去的生活一直都很辛苦，這讓我感到驚訝，也感到感動。他的話語中充滿了理解和同情，讓我感到非常安慰。

然而，金龍王告訴我，所有不好的事情都已經過去了。他鼓勵我要樂觀面對生活，相信未來會更好。他的話語給了我力量，讓我對未來充滿了期待。這次與金龍王的見面，讓我獲益良多。我會記住他的話，並將他的教誨融入我的生活中。我相信，只要我努力，未來一定會更好。

在香港，我有幸遇見了泰國的金龍王。他對我講述了許多現世上正在發生或已經發生的事情，他的話語都非常準確，讓我對他的智慧深感敬佩。他一眼就看出我與觀音菩薩和龍族有著深厚的淵源，這讓我感到驚訝，也讓我更加確信他的洞察力。

他告訴我，我現在每天的打座時間不夠，需要更加專注和入定。他還建議我開始在YouTube上拍攝一些能夠幫助他人的視頻。其實，這幾個月來，我一直在接收到訊息，告訴我需要更多的打座，需要更深入地了解自己的內在。我知道我有些懶散，但我會努力改變，因為我知道這對我來說是非常重要的。

這次與金龍王的相遇，讓我獲得了許多寶貴的指導和建議。我會將這些教誨牢記在心，並努力實踐。我相信，只要我努力，我一定能夠達到我想要的目標。

這次從泰國回來，我有一件事情覺得非常值得分享。在許多巧合的情況下，很多人都建議我去泰國見見金龍王。他們告訴我試試看預約，但也說預約很難，並且強調金龍王的預言非常準確，我應該去見他。於是我嘗試預約，沒想到我真的預約成功了。很多人都需要等待很多天才能見到他。從曼谷坐車大約兩個小時，我終於來到了金龍王的廟宇。這個地方真的非常美麗。

　　師傅只需要握住你的手　，就能知道你的過去和未來，我覺得他的預言至少有九成準確。他不需要問你任何問題，就能知道你內心在想什麼。他真的非常厲害。

　　如果你是有緣人，並且有許多心結未解開，筆者建議你可以去找找金龍王。他的智慧和洞察力，一定能給你帶來許多啟示和幫助。然而，現在網上有許多自稱為「金龍王」的人，我們很難判斷哪個是真正有實力的，哪個是欺世盜名的。筆者無法在此明確說出答案，請附上本書購買單據，透過電郵與筆者聯繫以進一步查詢。希望這篇文章能對你有所幫助，並祝你在尋找真理的道路上一切順利。

第五章

開運十法
快速改運

5.1.
健康星象：宇宙能量與身體和諧

有緣之下，我認識到一位已婚女性，年約35歲。她的心臟會每隔幾個月有少許停頓或不夠力輸血的感覺，這讓她感到不安。爲了找出問題，她到香港各醫院進行了檢查。結果出來後，發現有兩個一致的結論。第一，她的心臟確實有毛病，這個問題可能會危及她的生命。第二，這個問題的原因卻是不明的。

這位朋友在無助之下向我求助。我立即問她，你是否五行中的火較弱？她驚訝地問我，你怎麼知道？其實，我在前文「3.1.八字命理：天地人三才的五行運程」分析中已清楚說明，八字在預測未來運程是沒有科學驗證的，而各家師傅對每個人「用神」都有不同看法。但是，八字在看健康方面確實有其獨特的見解，即出生的年月日時便決定你那個身體部份容易出毛病。

要對付疾病，第一個方法一定是去看醫生，這是肯定的。然而，在某些情況下，如前文「1.7.冤親債主向香港明星女兒索命討債」所提及的邪靈來取命，則需要採取另類的方法，例如法科處理。

要知道這病是來自自身身體生理毛病，還是邪靈所致，最簡單的方法是按照前文「2.8.參拜廟宇：拜神指南」所提及的步驟，去相關廟宇求支簽，並記得找個師傅解簽。

如果要比較詳細的方法有二。第一，按照前文「4.1.扶乩神秘之力：揭開姓名背後的故事」的建議，去香港呈祥道問大仙，這個方法是免費的。第二，到香港找「4.9.三清靈寶天尊與太子哪吒」所提及的「大神」，前文亦寫得很清楚，「大神」的幫助能免去手術之苦。

面對這兩種方法，我的朋友選擇了扶乩方法。她收到大仙的乩文如下：

乩文	黃大仙靈簽
■ 心耿耿心臟疑 ■ 行內膊阼能調 弱氣丹田阼能上 必然靠轉提一升 調可中藥助血氣 望行五臟回一滔 聖汞十九晨中貫 七二靈簽天炉一	第七十二靈籤：高文定守困 求籤吉凶：中平靈籤 算命籤詩：兔兒久待意何如 堪嘆愚人獨守株 算是無能令我笑 不須守舊自拘拘 黃大仙算命解運勢：問疾病，當改醫 自身：要克服吊兒郎當、得過且過的心理。 健康：困擾您的疾病，再不愈，就要找醫生。

根據乩文和黃大仙靈簽的綜合解讀，心臟疑慮的問題需要通過內在的平衡和調整來緩解。透過氣功或呼吸調節，強化丹田之氣，有助於提升身體的氣息。同時，應運用中藥來助血氣，促使五臟恢復健康。

「聖汞十九晨中貫」這句話融合了道教煉丹術中的術語和象徵意涵。在道教煉丹術中，汞被認為是一種具有神奇力量的物質，能夠助力修煉丹藥，令人獲得長生不老。「晨」在古代文言文中指的是早晨，十九晨中暗示了一段漫長的時間。這位女士在飲用大悲水之後，親自向我透露，她感到非常舒適，這種舒適感遠超過她從任何西醫或中醫處方中獲得的。實際上，大悲水的效用在我們國家的歷史上有著確鑿的證據。根據1936年的《佛教日報》報導，般若法師利用大悲咒水為村民治病，病患無一不見效。村民為此建立了三間佛殿。丁冀澄卞在1934年的《佛學半月刊》上也撰文指出，有人在飲用大悲水三日後，其他中西醫都未能處理的膀胱炎便痊癒了。這些事例都充分證明了大悲水的神奇功效。

元清閣會派發聖汞賜予有緣之士。讀者若渴望獲得源源不斷的免費聖汞，並慕名欲得大仙親筆所著的瑰寶藥方，敬請將本書購書憑證電郵至筆

者，以便索取相應資訊，共享天賜良機。

準醫生的怪故事

另一個故事是發生在一位就讀於知名大學醫學院的讀者身上。醫學院內所教授的知識，病症可分爲兩種，一種由內科醫生負責處理，另一種則屬於特殊病例，需要由另類醫生來處理。對於這位準醫生的讀者而言，內心充滿了不滿之情，竟然決定在YouTube上自學成爲一位另類醫生。他觀看了本書「4.6. 前世今生：免費全球第一大師帶你看」後，看到了自己前世的一切，並相信自己具備成爲另類醫生的潛質。

於是，他開始在各種網上影片中胡亂學習，結果卻導致邪靈附身。然而，當他前往元清閣時，本書已經出版多時，元清閣已經改爲必須擲勝杯方能請教事情。他未能取得「勝杯」，於是轉向尋找一個道堂，卻不料那個道堂向他索價數萬。

後來，由於一連串的緣分，他重新翻閱了本書「1.1.道教秘傳：淨化符咒的神奇力量」，並向筆者索取了免費的道教師傅聯絡方式，經過六次免費治療，道士開始施以飲符水的方式，體內痾黑血、黑屎的排毒過程隨之展開，不久後逐漸消失。此療法使得他體內邪靈得以排除，現在已不再有邪病困擾，真實可信，並非虛言。

念佛的治病方法

除了上述方法外，念佛亦是一個治病方法。淨空法師指出，念佛可以改變身體的細胞，進而達到治病的效果。網上亦有許多透過念佛來醫病的方法。外國也有多個科學文獻證實了這一點。韓國Dongguk University的學者Cheong Seong-joon於2011年的研究中科學證實，密宗佛教在治病、驅逐國敵和防止自然災害方面具有正面效用。美國Oregon Health & Science University的教授Kevin Winthrop, M.D., M.P.H.於2012年做出了一項驚人的發現。一位29歲的女性嘗試了使用1%的hydrocortisone cream和

Aveeno lotion 來治療皮膚病，然而症狀雖然暫時有所改善，但之後又出現了擴散的情況。後來，她開始透過念誦藥師佛的咒語並在身體上紋上佛的圖案，竟然對她的整體康復產生了正面的影響。

圖片來源：Winthrop, K. L., Varley, C. D., Sullivan, A., & Hopkins, R. S. (2012). Happy Buddha? Clinical Infectious Diseases, 54(11), 1628.

　　關於為何念佛可以驅病的原因，以及念什麼佛經最為適宜，可以參考前文1.2.中所提到的佛教護身之道，即心經與禪修的超脫之道。

5.2.

學術星路：生肖指引學習之旅

八字師傅鍾愛勸人轉業，皆因據用神而言，從事錯誤行業乃大忌。譬如，非火相之人從事網絡生意不宜，非土相之人經營地產亦屬不妥。然而，前文「3.1.八字命理：天地人三才的五行運程分析」已闡釋此種說法並非信服之理。然則，科學實證確有所據，出生年份對學子之才能具一定影響。

本文首先將探究出生日期對職業傾向的影響，進而深入探討出生日期對學生的學業成績產生的影響，同時也提供了一些改運的方法。

出生日期與職業傾向

透過對出生日期的研究，我們可以窺探個人在職業選擇上的傾向和特點。中華民間流傳關於生肖與文昌之關聯說法，然此說尚未經科學棱鏡，網路信息亦難覓蹤跡。於此，將予以闡釋。

- 鼠年出生的學子敏捷靈活，好奇心旺盛，適合從事需要高度思維和創新能力的領域，如科學研究、創意產業等。
- 牛年出生的學子腳踏實地，堅忍不拔，適合從事需要毅力和專注力的領域，如醫學、法律等。
- 在學術追求中，虎年出生的學子熱情洋溢，勇往直前，適合從事需要果敢決策和領導力的領域，如管理、政治等。
- 兔年出生的學子溫文爾雅，富有同理心，適合從事需要人際交往和溝通能力的領域，如教育、心理學等。
- 龍年出生的學子雄心壯志，充滿自信，適合從事需要遠見卓識和創新思維的領域，如科技、金融等。
- 蛇年出生的學子智慧非凡，善於分析，適合從事需要細緻觀察和思考能力的領域，如哲學、文學等。

- 馬年出生的學子熱情開朗，富有冒險精神，適合從事需要挑戰和創新能力的領域，如旅遊、設計等。
- 羊年出生的學子善良體貼，富有創造力，適合從事需要藝術天賦和美感的領域，如音樂、繪畫等。
- 猴年出生的學子機智過人，善於應變，適合從事需要靈活變通和策略能力的領域，如商業、廣告等。
- 雞年出生的學子勤奮努力，有責任感，適合從事需要紀律和組織能力的領域，如行政、軍事等。
- 狗年出生的學子忠誠可靠，富有正義感，適合從事需要高度操守和公正精神的領域，如法官、警察等。
- 豬年出生的學子樂觀豁達，富有同情心，適合從事需要人際關係和關懷能力的領域，如社會工作、公共事業等。

出生日期與學業成績

來自Southwest Minnesota State University的工程系博士Alexey Ivanovich Pykhtin於2016年對2009年至2015年間該校入學考生的代表性樣本進行分析，旨在再次證實占星術的科學性。該研究深入探討了出生日期與黃道十二宮符號的相關性，占星術中靜止行星的影響力，以及出生日期與國家考試特定科目（尤其是數學、物理、社會科學和俄語）成績之間的聯繫。研究採用了統計分析方法，包括相關分析和統計假設檢驗，結果顯示整體上存在顯著的相關性，從而證實了我們的假設：考生的偏好受到黃道十二宮符號的影響，因此與其出生日期有關。然而，關於考生偏好與出生日期之間是否存在其他相關性，仍需進一步研究探討。

接著我們會透過對出生日期的研究，深入瞭解學生在學術領域中的表現和潛能。Inter-University Centre for Astronomy and Astrophysics榮休教授Jayant Vishnu Narlikar於2009年退休前，曾對出生日期與文昌學術才能展開深入探討。研究涉及收集200名學生的出生詳情，分為A組的100名優秀學生和B組的100名智力障礙學生。這些資料被用來為孩子們製作星盤或

出生圖。在記錄了這些細節後，圖表被混合和隨機化，並邀請占星家參加一項評估他們預測能力的測試。共有51名占星家參加了測試。每位參與者被提供了一組隨機的40張出生圖，並被要求鑑別每張圖表所對應的組別。在最初的51名參與者中，有27人提交了他們的評估。統計分析顯示，成功率極高。這項測試的有限但明確的程序無疑地顯示，占星學在學術能力的預測方面具有一定的力量。論及印度占星學之運作，不妨參照前述3.8章節「占星術與現代醫學：揭示占星術於疾病診斷和治療中的深度運用」所蘊藏之奧妙。

李居明大師的「餓命」學說認為，生於秋天公曆8月8日至11月7日為「餓木人」，「餓木」指的是五行中木的能量薄弱，這種情況對學業和考試的影響尤為明顯。餓木之人在學術和考試方面往往運氣不佳，很可能面臨挑戰和困難。這與木的特質——生長和發展——有關。木元素薄弱，使得餓木之人在學術競爭中難以突破重圍，因此在考試中命運多舛。在國外，亦有學者對出生月份對於學業成績的影響進行了研究。土耳其教育部學者Mehmet Ali Yar m於2023年在該國Erzurum province內Aziziye District的一所小學，對一年級學童進行了深入探討，研究成果揭示了生辰月份對學業成就與校園心理健康具有莫大影響。

風水與學業成績

科學事實確實證明了出生月份對文昌（學業成就）有一定的影響，因此我們有必要藉助科學方法來改善文昌運。透過風水、符咒和奇門等方法改善小朋友學業，不僅可為孩子營造良好的學習氛圍，亦能提升其學業成績。首先，在風水方面，宜依循風水布局原則，將孩子書房與睡房置於室內陽光充足、空氣流通之處，避免床頭朝向門窗，以免影響孩子精神狀態。同時，書桌擺放宜遵循「靠山而面水」之理，背靠牆壁，面對寬敞之空間。此外，選擇吉祥之擺設與裝飾品，如文昌塔、孔明燈等，亦有助於提升孩子學業運勢。其次，奇門遁甲作為古老之預測與調整命運方法，亦可應用於改善小朋友學業。透過奇門遁甲之計算，可找出孩子生辰八字與五行命理中不利之因素，

並相應調整。例如，在孩子書房放置有助於增強五行平衡之裝飾品，或在特定時間進行特殊活動以提升孩子學業運勢。最後，運用符咒亦可提升孩子學業。符咒於道教及民間信仰中被認為具有驅邪避禍、招財進寶之神奇功能。家長可在專業道士指導下，為孩子佩戴文昌符、神龜符等提升學業運勢之符咒，以祈福孩子學業有成。

綜觀全文，我們可得出結論：我們在學術或職業上的天賦先天決定，透過出生年月等因素可反映出其影響。多名學者已證實這一現象，因此選擇適合的職業和專業方向極為重要。正如挪威Oslo Metropolitan University教育系博士Annette Hessen Bjerke在2022年發表的研究報告中指出，出生月份對數學能力有重大影響。我們期待未來有更多的研究能夠進一步探討這一主題，並提供更多的實證數據來支持這一理論。

5.3.

財神天相：星座啟示金融命運

全球各國學者們均發現出生日期與學業成就之間存在著顯著的關聯。這種關聯在美國、英國和歐洲的研究中尤為明顯。例如，美國Pomona College的訪問助理教授Scott Doebler博士在2017年進行了一項縱貫研究。他發現，在北愛爾蘭的某些出生月份的人，從小到大都可能經歷長期的教育或健康劣勢，且這種劣勢在成年後也難以改變。

同年，芝加哥大學經濟系助理教授Pablo A. Peña在他的論文《Creating winners and losers: Date of birth, relative age in school, and outcomes in childhood and adulthood》中，深入探討出生日期對個人人生的影響。他在墨西哥的特拉斯卡拉進行了這項研究，結果顯示出生在有利月份的人在學業上可獲得0.3個標準差的優勢。此外，他還探討了當地六個勞動和婚姻市場，結果均顯示出生在有利月份的人更具優勢。

另一方面，University of Notre Dame的經濟系及兩性關係教授Kasey Buckles於2013年發表的論文《Season of birth and later outcomes: Old questions, new answers.》與李居明大師提出的「餓命學」一說相呼應，即出生季節會影響個人的一生。她的研究發現，在冬季出生的孩子中，未婚母親和青少年的比例不成比例地高，這些孩子在這樣的家庭中出生，他們的一生運勢不容樂觀。Buckles教授在論文中深有感觸，作為兩性學者，她一直相信母親教育對子女影響最大，但經過這次研究後發現出生月份的影響也不能忽視。

此外，National Institute of Aeronautics & Space of Indonesia的物理學家Gunawan Admiranto於2016年鋪天蓋地地宣揚，人類應當崇敬自身星座，方能在浩瀚宇宙中求得生存之道。他認為，為了與天地共生，人們必

須在生活中不斷調整、適應，使微觀與宏觀宇宙達到和諧共融。而這種調適，正是通過所謂的星座機制來實現的。該機制涉及對吉日良辰的甄選，以及對禍福休咎的預知，從而確保人類行為與宇宙秩序相互呼應、相得益彰。這種與宇宙節奏的契合，不僅彰顯了對時光流轉的尊重，更是對生命本源和自然規律的遵循與順應。

以下是四個被認為天生就有招財體質的星座，並且財神爺似乎特別眷顧他們：

- ●金牛座：金牛座的人以踏實的步伐不斷前進，追求進步和提升。他們擁有一種持續進步的態度和嶄新的能量，時刻保持警覺，以確保自己不會錯過任何財富的機會。金牛座對財富有著敏銳的嗅覺和深刻的理解，懂得穩健地管理自己的資產，因此往往能夠吸引財富的持續增長。
- ●天蠍座：天蠍座以堅持不懈的精神努力追求自己的目標，不斷地吸引著機會的到來。無論遇到什麼困難，他們總是能夠冷靜面對，善於化解問題，從而順利地抓住機遇。天蠍座擅長把握時機，靈活應對各種挑戰，因此往往能夠從不同的管道獲取財富。
- ●巨蟹座：巨蟹座常常因為家人的支持和貢獻而得到財富的贈與。家庭對他們來說是一個堅實的後盾，他們的支援和團結為他們帶來了穩定和豐厚的財富來源。巨蟹座明白家庭的價值和力量，深知家人的無私奉獻對他們的成就至關重要。
- ●獅子座：獅子座的自信散發著吸引財運的魅力。他們相信自己的能力和價值，因此在追求成功的道路上毫不猶豫。積極的心態讓他們能時刻保持開放的姿態去接納機會。正因如此，他們往往能夠憑藉自己的魅力和才華去吸引財富湧入。

欲提升財運，透過研究星座運程乃是一項科學而有力的方案，絕非迷信。1996年，英國University of Sussex的Martin Evans教授訪問了資本階級和勞工階級，探詢星座運程對他們的影響，令人驚訝地發現，這些星座運程對資本階級的幫助要遠超過勞工階級。新加坡Nanyang Technological University的Edson C Tandoc Jr.教授於2014年，探訪了三本女性星座雜誌的400多篇文章，發現在愛情、財富和職業三方面，星座的預測準確性頻繁高達準確。然而，教授也指出，這些星座忽略了讀者的年齡和種族這兩個重要因素，例如，一位年長的白人女士和一位年輕的黑人女士，卽使擁有相同的星座，也不一定會有相同的命運預測。故而，種族和年齡是影響星座預測準確度的兩個重要因素。

除了遵循個人星座運程以製定工作和投資計劃外，以下提出兩個方法以改善個人財運。首先，根據五行理論，每個人的命運和財運都與五行（金、木、水、火、土）息息相關。澳洲University of Queensland高級講師Dr Nicolas Pontes 2021年研究之科學實證，已確認色彩與運氣之間的關聯性。若了解自身的五行屬性，則可選擇相應顏色的衣物以提升財運。例如，金元素代表財富，與黃色和白色相關。若五行屬金，則穿著黃色或白色衣物或可助於提升財運。而木元素則與綠色相關。若五行屬木，則穿著綠色衣物可助於提升財運。水元素則與黑色和藍色相關。若五行屬水，則穿著黑色或藍色衣物或有助於提升財運。火元素則與紅色相關。若五行屬火，則穿著紅色衣物可助於提升財運。土元素則與棕色和黃色相關。若五行屬土，則穿著棕色或黃色衣物或有助於提升財運。

其次，積德行善，助人爲樂，可提升福運，進而間接提升財運。具體行善舉措包括參與慈善活動、捐款或捐贈物品給有需要的人、幫助親朋好友解決困難、照顧生活無依的老人或孤兒、保護環境、尊重生命、遵守法律法規等。透過積德行善，可積累善緣，提升福運。有許多科學實證證明，做善事能夠讓自己更感到幸福，且施比受更有福。相信讀者在完成義工後，也能夠感受到這種開心的感覺。然而，做善事是否能夠帶來財運，卻是科學難以驗證的問題。雖然捐錢和做義工都屬於做善事的範疇，但財運是否能夠因此增加，卻是難以量化的。然而，美國紐約Hamilton College經濟系教授Julio Videras在2006年研究發現一些自認擁有好財運的人，捐款的習慣較一般人更高。儘管這一發現無法在科學上明確證明做善事一定能帶來財運，但筆者深信這一點。

5.4.
職場轉身：
算命幫你預測職業轉換和成功機率

從古至今，人們一直認為出生日期對於一個人的命運有著決定性的影響。這種觀點不僅在八字、生肖，甚至在星座玄學中都有所體現。然而，這種理論是否真的能夠影響我們的職業選擇呢？

British Heart Foundation的臨床研究員Holly Morgan博士在2022年的一項研究中，探討了星座與醫學專業之間是否存在關聯。她提出了一個引人深思的問題：「是你選擇了專業，還是專業選擇了你？」這項研究是基於問卷的，並通過線上調查工具進行分發。問卷探討了醫生的星座、專業偏好和個性特徵。

在2020年2月至3月之間，有1923名醫生回應了問卷。結果顯示，不同醫學專業之間的個性類型存在變化。例如，內向型人格在腫瘤學（71.4%）和風濕病學（65.4%）中高度代表，而外向型人格在性健康（55%）、胃腸病學（44.4%）和婦產科（44.2%）中較多（$p<0.01$）。每個專業中星座的比例也有所不同；例如，心臟病學家比起白羊座更可能是獅子座（14.4%對3.9%，$p=0.047$），內科醫生比起水瓶座更可能是摩羯座（10.4%對6.7%，$p=0.02$），婦產科醫生比起射手座更可能是雙魚座（17.5%對0%，$p=0.036$）。重症監護是最常被報告為第二選擇的職業，但這也在不同星座和專業之間有所變化。使用鋼筆與外向性格（$p=0.049$）和胃腸病學（$p<0.01$）有關。結論是，不同專業的個性類型各不相同，星座與專業之間可能存在聯繫，值得進一步研究。

尋找塔羅大師的旅程
在我踏上尋職之旅時，曾請教眾多塔羅大師，於千錘百煉中，終揀選出幾位神機妙算之士。我將這些精準預言的塔羅師介紹給友人，並親歷其卓越

之能。為此書鋪墊，我每週踏足廟街，夜晚燈火闌珊時，詢問那些求諸神諭的行者，他們對這些師傅的評價如何。經過層層篩選，我對三位塔羅師深具信心，並將於文後揭曉他們如何指引我航向新的職業彼岸。

廟街之中，V師傅以其高深莫測的塔羅牌技藝，成為青年求知若渴的焦點。她於感情占卜領域的造詣，非尋常算命所能及，其八字與紫微斗數之結合，更顯神妙。正如古語所云：「命由天定，運由己造」，V師傅便是那解讀命運之鑰的匠人。她不僅精通八字分析人之性格與命運，更能洞察戀人間的生肖相合與相沖，因此廟街上，她的攤位前總是人潮洶湧。

K師傅則以其易經塔羅牌聞名，十年網海搜尋，皆能見其好評如潮。她不僅占卜精準，更以傾聽者自居，於人心中種下信賴之苗。至於B師傅，昔日香港專業塔羅協會之創辦人，雖已遠赴他鄉，仍舊透過線上服務，以其獨特之抽牌方式，繼續為求卜者指點迷津。他的塔羅牌準確性，不減當年。

塔羅占卜的影響

在求職的道路上，我曾三度請教塔羅師傅。首次拜訪K師傅時，她以一張「蠱」字籤示警，勉我在面試中守口如瓶，慎言慎行，以免言多必失。後來，一位友人引薦我至某企業應聘，於是我又尋求B師傅的塔羅占卜，他神秘預告將有「射手座」的貴人伸出援手；這預言令我驚訝不已，因為我的朋友正好是射手座。最後，在考慮轉換跑道之際，我諮詢了V師傅，她結合八字、紫微斗數與塔羅牌的智慧，指出我五行屬金而財運不甚亨通，並提供了若干指導，指引我朝向領導職務的方向發展。這些經歷，都深刻影響了我的職業生涯。

香港塔羅師之地，不僅限於廟街，西九龍中心、尖沙咀及銅鑼灣等處亦是知名之地。然而，於此等地方，塔羅牌之費用不菲，起價五百港元。相較之下，前述三位師傅，不但價格公道，且準確性高，實為福音。在這塔羅牌占卜的世界裡，他們如同璀璨星辰，照亮了尋求指引者的道路。

塔羅與其他占卜術的交融

筆者求職路途中，曾陷入方向迷茫之際，除了諮詢塔羅牌占卜外，亦尋訪奇門遁甲與扶乩之術的高人。兩位師傅運用各自深奧的術數，竟湊巧得出相同的預測——未來的職場機遇，將在香港新界西北之地域爲我展開。這一預言的準確性，令人嘆爲觀止，彷彿天機昭示，指點迷津。

關於乩文的探究，筆者在此提供一篇作爲參照，然而需明言，此篇乩文非出自元清閣之手，而是源於另一處聲名顯赫的乩壇，且該處索取酬金。倘若讀者對此乩壇抱有濃厚興趣，欲深入了解，不妨透過電子郵件附上相關單據，向筆者詢問。

> 晉境事要勤，謀劃要用心
> 西北來開境，自聞好佳音
> 論境艱苦而開，得著力也，勿守株待兔
> 境開西北而一往河源，暢也。
> 短少辛苦，勤種善果而早得福果是也，
> 吉頌。

在踏足該企業的面試前，我於黃大仙祈簽，得到第九十六籤，乍看似乎平平無奇，然而解簽高人揭示，此籤暗藏玄機，預示著入職手續的漫長過程。果不其然，三月廿八日，喜訊降臨，通知我成功獲聘；可是，歲月如梭，至五月廿八日，那些繁瑣的文書工作仍舊縈繞不去，未能畫上句點。這一切，似乎都在籤詩之中已有預言，讓人不禁感慨萬千。

黃大仙靈簽

黃大仙算命靈籤96
第九十六靈籤：文姬思漢
求籤吉凶：中平靈籤

算命籤詩：

羌笛頻吹韻更悲 異鄉作客觸歸期

南來孤雁如憐我 煩寄家書轉達知

蔡文姬，東漢人，為匈奴亂兵所掠，嫁與左賢王，十二年後才歸漢家。

謀望事，要待時，凡作事，多滯機

　　筆者按：關於3月28日收到新工作機遇這吉祥之日，印度占星大師曾對我提及，詳細內容可參考前文「3.8.占星術與現代醫學：揭示占星術在疾病診斷和治療」中的深度運用。

　　關於奇門及扶乩，讀者可參考前文「3.4.奇門遁甲：時空變化的神秘風水術數」及「4.1. 扶乩神秘之力：揭開姓名背後的故事」。

5.5.
婚姻宮位：愛情中的星座智慧

在探討婚姻宮位與星座智慧的脈絡下，我們可以從紫微斗數的角度來深入了解。紫微斗數是一種古老的命理學，它通過分析個人出生時的星象來預測命運和性格。在這個系統中，婚姻宮位是一個重要的宮位，代表著一個人在愛情和婚姻中的運勢和特質。婚姻宮位的星座智慧涵蓋了如何運用你的星座特質來促進和諧的伴侶關係。每個星座都有其獨特的愛情觀和處世哲學，這些觀念可以幫助我們更好地理解自己和伴侶，從而建立更穩固和滿足的關係。

例如，根據紫微斗數的理論，如果你的婚姻宮位中有紫微星，這可能意味著你的伴侶在社會上有一定的地位和權力。這樣的伴侶可能會帶來一定的壓力，但同時也能提供支持和保護。另一方面，如果你的婚姻宮位中有天府星，則代表你的伴侶可能是一個溫和體貼、善解人意的人。這樣的伴侶會為家庭帶來和諧與穩定，但也可能需要你在感情上更主動一些。流年中的某些特定星曜出現在命宮或相關宮位時，可能預示著桃花運的到來。以下是一些流年中可能代表桃花運的情況：

- ●貪狼星：如果流年命宮中出現貪狼星，尤其是在廟旺的宮位且沒有照會煞星時，感情生活可能會變得多彩多姿，有許多約會機會，感情進展迅速。
- ●廉貞星：流年命宮中有廉貞星，特別是在廟旺的宮位且與吉星同宮時，可能會遇到條件不錯的異性，但如果廉貞星落陷並逢化忌，則要注意可能會有桃色風波。
- ●太陰星：太陰星在流年命宮中，尤其是在廟旺的宮位時，可能會享受到浪漫的戀情。但如果太陰星落陷並逢化忌或六煞星，則需要多加觀察對方的動態。

●天同星與天梁星：這兩顆星在流年命宮時，建議多參加旅遊活動或聯誼活動，可能會有認識異性進而交往的機會。

●紅鸞星與天喜星：這兩顆星在流年命宮中出現時，通常會有吉慶的事情發生，可能會有人介紹異性朋友。

●化祿星、化科或化權：這三吉星在流年命宮、夫妻宮或子女宮中出現時，也有許多結識異性的機會。

印度Govind Ballabh Pant社會科學研究所的學者U. Kalpagam於2015年發表的論文，深入探討了來自該國小區Tamil Brahmin女性在美國求偶的現象。這些女性即便通過婚姻得以在異國落地生根，仍堅持以星盤相合爲婚姻的先決條件，顯示出她們對傳統文化的執著與尊重。若天賦良緣未能如星盤所示，她們寧可放棄居留權，也不願委曲求全。又，斯里蘭卡University of Peradeniya醫學系的Rasnayake M. Mudiyanse教授，身爲地中海貧血研究的泰斗，於2009年提出了對於該國兒童命運的深刻見解。他觀察到，儘管每位兒童均由占星師賦予星座圖以預測未來伴侶，然而當代青年卻往往追隨金錢或一時衝動，罔顧星宿指引，不循傳統途徑選擇配偶，且婚前忽略體檢，導致地中海貧血風險婚姻的出現，威脅著後代的健康。此等現象反映出我國女性在選擇終身伴侶時，應舊重視玄學的指引，將之視爲決策的重要參考。

當巧遇疑似良緣之人，是否眞匹配，乃是約會時需謹慎探究之事。於約會之際，宜觀其言觀其行，細察對方之舉止言談是否與己心意相符，並可透過塔羅牌之占卜，探尋天意，以決定此緣分是否值得深究。香港廟街，夜幕低垂，燈火闌珊處，匯聚著眾多尋求情感指引之人。他們探詢愛河未來，或在眾多追求者中抉擇，如同選擇三千世界中的一縷清風。問卜者中，女性佔大多數，其中不乏三十歲以上，身處婚姻變故之際的女士。筆者堅信，此舉合乎情理，值得提倡，且科學實證亦爲之背書。Helen Rodnite Lemay於一九八四年發表之論文，鑒於占卜之術，明確揭示其對女性於婚姻擇期、孕育良辰吉日之諮詢所發揮的關鍵作用，並進一步於瑣碎生活節理中，如髮梳削鬢、指甲修護等，提供細緻建言。

當然，如果您想要了解未來伴侶的名字、外貌或其他特徵，納迪葉可能會提供一些線索，請看前文「4.3.納迪葉揭示家人姓名：神秘力量的展現」。有趣的是，有靈異節目的聽眾在網上分享了他們的經歷：一位聽眾在查看了自己的納迪葉後發現，未來配偶的名字並不是他當前女友的名字，於是他決定分手。(筆者真的要笑問，真的會因為名字不符而選擇分手嗎?)後來，他的新女友的名字與納迪葉上的名字相同，這種巧合讓人驚奇。我個人也遇到了兩位有類似經歷的人。至於他們是否結婚了?在截稿前我還沒有收到任何喜帖。但我還是要重申，納迪葉所指的人物，是否能最終結婚還有很多不確定性，但這個人肯定會出現在你的生活中。

筆者於廟街巷陌，常瞥見眾女士尋覓情緣指南，於此，願以筆墨寄語於廣大女性讀者：在探究愛情與命運的交織中，Ann Kristin Gresaker博士透過《Det Nye》雜誌的星座專欄，深入比較了跨越三個年代(1988年、1998年及2008年)的星座解讀。她發現，在八十年代，專欄著重於揭示每個星座的愛情運勢，而踏入二十一世紀，專欄的筆觸轉變，更多強調女性以華麗的儀態和積極的姿態，去追尋愛情的可能。又，在當今世界，仍有眾多女性被禁錮於傳統桎梏，無法自由結交異性。Princeton University的博士生Diana Budur於2011年在巴西的調查中發現，Romany社群中的女性，因父母堅持家學淵源，認為掌握占卜之術比學塾書院更為實用，從而將女兒們束於家中，不許踏入學府一步。她們被期望以占卜技藝，換取政府認證，成為合法的算命師，這不僅限制了她們的學習機會，更壓抑了她們探索異性世界的自由。

在這追尋愛的旅途上，願每位女士都能把握住屬於自己的幸福，找到那個能與您攜手同行，共繪人生彩虹的伴侶。在這個旅程中，無論是星座、塔羅牌還是其他形式的占卜，都可以作為我們的指南，幫助我們找到最適合自己的伴侶。然而，我們也應該明白，真正的命運掌握在我們自己的手中，占卜只是一種指引，真正的決定權在於我們自己。我們應該以開放的心態接受占卜的結果，但也不能完全依賴它，我們需要自己去創造和掌握自己的

命運。在這個過程中，我們可以從占卜中獲得指引，但最終的決定還是要靠我們自己。希望每一位在尋找愛情的旅途上的女士，都能找到屬於自己的幸福。祝福你們!

5.6.
家庭和諧：幸福的奧秘

作爲一位已婚並育有孩子的人，我深知家庭和諧的重要性。在這裡，我想分享一些維護家庭和諧的心得。首先，我堅信保障家人的健康是維護家庭和諧的基石。健康是家庭幸福的根本，沒有健康，其他一切都顯得無足輕重。

伊朗的醫療創新

來自Islamic Azad University Tehran Science and Research Branch的女研究員Zahra Madadi於2021年向國際醫療界展示了伊朗基層醫療保健系統的一項創舉，即「vital horoscope」預測紙，爲農村社區提供了對每月可能發生事件的預測，這對於全面評估和提升公共衛生服務至關重要。這份50×70厘米的預測紙以圖形方式預測可能發生的事件，如疾病爆發或蟲害侵襲，從而爲及時的預防措施提供了依據。這項計劃覆蓋了全國16,000個農村，展現了對傳統醫療模式的有效改進和現代化轉型，爲其他國家在基層醫療保健方面提供了可借鑑的模式。

位於Ahvaz Jundishapur University of Medical Sciences的醫療科學系教授Mohammad Esmaeil Motlagh，在2012年揭示了一項驚人之舉。他研究發現2008年伊朗村落所記錄的兒童死亡率與「vital horoscope」系統所估算的數據出現顯著差異。經過進一步的調查與核實，終於確認「vital horoscope」的數據才是精準無誤。這不僅彰顯了Motlagh教授利用「vital horoscope」補足死亡率報告的缺口，更印證了該系統在預測壽命長短上的高度可靠性。

六壬神數：揭示健康之軌跡

在我國，「六壬神數」等古法亦能爲國民揭示健康之軌跡。譬如伍小姐於

癸酉年甲寅月丙寅日子時，借六壬神數窺破未來。神數透露，她或許纏綿於一慢性之疾，近期內或需經歷手術之苦，且手術過程中可能涉及出血。此病症疑與婦科相關，尤指子宮與腹部。然而，神數預示，手術將安然無恙，無需過度憂慮。六壬所言之「白虎辰土」，暗示土象星座之影響，與重大健康問題相關，故建議尋求西醫之助，手術或在所難免。辰土於六壬代表子孫，特指女性生殖系統，暗示可能之子宮瘤症。神數深究，由「虎」進「龍」，預兆情況將日趨明朗。丙火於春季旺盛，得天時地利，預示手術與療程將大獲成功，恢復之兆良好。這一系列預測，不僅為伍小姐提供了未來健康之路徑，也展現了六壬神數在現代社會中的獨特價值。

伍小姐盤

子	戊	辰	虎
兄	己	巳	空
兄	庚	午	龍
虎	常	勾	龍
辰	卯	未	午
卯	寅	午	丙
午	未	申	酉
巳		戊	
辰		亥	
卯	寅	醜	子

預防於未然：洞悉家人未來可能發生之事

在追求家庭和諧之路上，除了健康的重要性外，若能洞悉家人未來可能發生之事，則更能如臂使指，預防於未然。蕭姓網紅公開表示，他曾為全家人進行「鐵版神數」之占卜，從而洞察各人一生的命運走向。然而，「鐵版神數」之費用昂貴，每一次諮詢皆需另行付費，使得這一占卜方式成為不少家庭的沉重負擔。筆者建議讀者轉而尋求納迪葉占卜，這一方式不僅經濟實惠，且一人之占可揭示全家之運，涵蓋父母、兄弟姐妹乃至子女等，為家庭

帶來和諧之鑰。印度Jawaharlal Nehru University 助理教授 Panchanan Bhoi於2004年的研究揭示，居住在Orissa的家庭們將納迪葉視為珍寶，悉心珍藏於家宅神龕之側。他們對這些葉片懷抱著虔誠的信仰，每逢曙光初現及暮色降臨之際，家人便會恭讀其上所載的家族世系、當代社會風俗及地理特徵等資訊。

識人之明：家庭和睦相處之術

論及家庭和睦相處之術，識人之明乃至關重要。澳洲Charles Sturt University心理系的兼職教授Graham A Tyson於1984年，有感於此道理，特地邀請學生之家長蒞臨學府，以探究其對子女性格之洞察。他詢問家長們是否對子女的星盤有所了解，豈料多數家長對此一無所知。繼而，教授挑戰他們描繪子女性格，結果卻是誤差百出，顯示出家長對子女性格認識之淺薄。此一研究，不僅反映出現代家庭溝通之隔閡，亦凸顯了家長不知道可用八字或星盤等了解子女性格。

法國Université de Caen Normandie心理學系的助理教授Magali Clobert在2016年的研究中發現，運用星座預測來解讀孩童的性格，宛如賦予他們一份指引人生的明燈。當星象預示吉兆，孩子們便會滿懷信心地迎接學業上的挑戰，或在遊戲中展現無窮的創意。這正如同他們得到了一位隱形的良師益友，為他們帶來幸運與歡樂，激發他們探索新事物的熱情。信仰星座的孩子，在閱讀到正面的星座預測時，往往能夠減少憂慮與怒氣，尤其是對於那些常覺得無法左右命運的孩童，這些樂觀的訊息能夠增強他們改變現狀的信心，從而促使他們更加出色地表現。

在華夏大地，西洋星盤雖未必獲眾信仰，然而子女之八字洞察，卻是家長們不可或缺的育兒智慧。此乃育嗣之道，父母莫不以子女性格發展為己任，深知八字之於揭示性情、預測潛能有著不可替代的價值。

編者按：前文「3.1.八字命理：天地人三才的五行運程分析」已提及如何從八字子女性格。

5.7.
法律星圖：奇門指引正義之路

提筆欲續往昔故事，卻遇2.10節之黑魔法詛咒，邪力纏繞法庭。探究黑術處理官非之道，偶得見University of Hertfordshire社會歷史系Owen Davies教授於2015發出的呼籲。他研究牛津大學魔法史，證實無論何種顏色魔法（包括最簡單的招魂和催眠），終將帶來不幸。故此，筆者決定遵從勸告，分享其他正途以解官司之困。

奇門遁甲：古老術數的現代應用

在糾紛紛擾的官司爭端中，除了聘請精通法律的律師和專業團隊外，許多人還會求助於「奇門遁甲」這門古老術數來洞察風雲，預測訴訟結果。這種方法被視爲一種智慧的結晶，旨在透過天時地利人和的分析，爲當事人指點迷津。在資訊發達的今日，網絡世界裡充斥著各式各樣的奇門遁甲服務，這些服務宣稱能夠爲法律糾紛提供另一個視角的解讀，並且明碼標價，讓人得以在迷霧中尋找一線生機。

奇門遁甲符號在法律訴訟中的應用

奇門遁甲在法律訴訟中的應用主要是通過預測官司的勝敗來幫助人們做出決策。這是一種傳統的中國術數，被認爲可以通過分析各種符號和元素來預測未來的事件。在法律訴訟中，奇門遁甲會考慮法院、原告、被告之間的關係，以及證人、證據、訴狀、傳票、律師等因素。以下是一些基本的奇門遁甲符號及其在法律訴訟中的意義：

- 法院：通常用「開門」來代表，它影響案件的審理方向。
- 原告：用「值符」來代表，其位置和狀態可能影響原告的勝訴機會。
- 被告：用「天乙」來代表，其位置和狀態可能影響被告的勝訴機會。
- 起訴書：用「景門」來代表，它的狀態可能影響法院是否受理案件。

- ●證人證據：用「六合」來代表，它的狀態可能影響證據的可信度。
- ●傳票：用「丁奇」來代表，它可能影響法庭傳喚的效力。
- ●律師：用「驚門」來代表，其狀態可能影響律師對案件的影響力。

在實際應用中，奇門遁甲會根據這些符號的相互作用來預測訴訟的結果。例如，如果原告的「值符」在旺相並得到吉門、神、格局的支持，而同時沖剋被告的「天乙」，則原告可能勝訴。反之，如果被告的「天乙」得到有利的配置，則可能導致被告勝訴。實際上，韓國的강일순(姜一淳)早在十九世紀便將奇門遁甲這門玄妙之術引進韓國，開啟了一個新的思維維度。然而，將其應用於法律訴訟的領域，則是由學者차선근於2017年首次提出，標誌著傳統智慧與現代司法實踐的別開生面的融合。

奇門風水：科學實證之學

近年來，「奇門風水」之風潮盛行，其透過佈陣風水以解糾纏於官非之困，眾所周知，風水乃科學實證之學。風水陣對於官司之影響，科學實證不止一端，台灣靜宜大學何淑熏教授於公元2012年之研究揭示，風水陣足以左右人之決策行為；而於比利時Centre Européen de Recherches Internationales et Stratégiques任教的國際談判學者Guy Olivier Faure於2023年之研究亦顯示，在中國談判桌上，風水與人際關係之影響力，遠超過其他所謂理性因素。

奇門遁甲風水破解官非之案例

本文旨在分享一宗奇門遁甲風水破解官非之案例，乃由資深玄學師傅親筆撰述。

今天要講述的是一段桃花劫的故事，主人公是我一位女性客戶，具體的年份和地點在這裡就不透露了。儘管周圍人千叮嚀萬囑咐她要小心男人，絕對不要催旺桃花，因為這樣做肯定會讓她被男人累壞，但她卻被愛情沖昏了頭腦，堅信真愛終會降臨。即使師傅多次提醒，她也不以為意。

過年時，她給我發了一張大盆桃花的照片來拜年，還說今天的桃花特別旺盛，一定會帶來好運。師傅心想她眞會找樂子，但由於是新年，也就沒有潑冷水。過了一段時間，她突然來找我看風水，說自己遇到了官司麻煩。師傅感到非常驚訝，因爲明明已經提醒過她不要涉足商業和男人的事，怎麼還會出事呢？她含糊其辭，但願意出高價請我幫忙。

　　最終，我同意了她的風水請求。進入她的家中一看，發現一個非常熟悉的凶煞位置，正是她當初擺放桃花的地方。經過詳細詢問，才知道她年初認識了一個男人，合作做生意。他們很快就談到了白頭偕老，男方還投資了她的生意。她未曾付出什麼，就答應了合作，成爲了股東和董事，並將簽名、印章、銀行賬戶等重要事務全權交給了男方處理。

　　結果，這家公司涉及了許多非法活動，警方介入調查，她也被捲入其中。而男方則將所有風險轉嫁給了她，自己反而成了小角色。師傅感慨，愛情迷思眞是讓人盲目，桃花煞的地方本就容易招來「渣男」和官司，再加上她的命格和大運都不佳，災難就不可避免了。

　　最後，師傅盡力布陣化解，盡管只能減輕部分刑罰。她雖然感謝師傅的幫助，但因爲這件事，她失去了收入豐厚的職業，一生的清白和對人的信任也隨之煙消雲散。她曾問師傅：「渴望有人共度一生，難道有錯嗎？」師傅沉思良久，也無法給出答案，只覺得命運總是捉弄人，讓人無法預料。

　　本篇結尾取材自德國學者Schueppert, R.撰寫了一則故事，講述一位即將出庭的人，分別聆聽了爲他祈禱的經文和星盤分析，你認爲哪一個對他更有幫助呢？我在這裡不會給出答案，但對於有興趣深入了解的讀者，可以參考Schueppert 1950的學術論文《A healer and his horoscope before the courts》。不過，這篇文章是用德文寫的，可能需要克服語言障礙來理解。

5.8.
逐夢新居：
算命幫你決定搬家時機和新居環境

結婚要選一個吉日，大家都信，但是搬遷置業要選日子卻不知爲什麼很多人沒有這習慣。選擇吉日是有科學實據，絕非迷信。在華中師範大學文學院講師胥志強博士2006年的碩士畢業論文中，他探討了「擇日」對人類時間意識起源的影響。在置業搬遷的背景下，選擇吉日進行搬遷，不僅是遵循傳統的一種表現，更是對時間秩序的尊重，賦予了這一行爲特殊的意義。以下是使用黃曆擇日置業的一些基本步驟：

- ●確定吉神日子：查找黃曆上的吉日，這些日子通常與吉神如天乙貴人、歲德等相關聯。這些吉神代表當日處事的宜忌吉凶。
- ●避開凶日：避免選擇與凶神如天刑、朱雀等相關的日子，這些日子被認爲不適合進行重要活動。
- ●考慮十二神煞：黃曆中會列出每日的十二神煞，這些是根據天道十二神的順序來決定的。其中青龍、明堂、金匱、天德、玉堂、司命爲吉神，其餘爲凶神。
- ●月支與日支的關係：某些吉日還會根據月支與日支的關係來決定，例如三合日或月德日等，這些都是根據五行理論來選擇的。
- ●個人八字配合：最好能將個人的生辰八字與黃曆的吉日相結合，以達到最佳的效果。這需要專業的風水師或命理師來計算。
- ●特定的吉日：黃曆中還會列出特定的吉日，如天赦日、月恩日等，這些日子被認爲是非常吉利的。
- ●避開生肖沖日：如果黃曆上顯示某一天與你的生肖相沖，則應避免在該日置業。
- ●選擇吉時：除了吉日之外，選擇一個吉利的時辰也很重要，這通常需要參考黃曆或尋求師傅的建議。

筆者驚覺當代青年在購置產業或租賃住所時，竟鮮少請求風水大師指點迷津，這種現象令人咋舌。本文旨在闡述風水學對於置業選擇的深遠影響，並從科學的視角切入，探討其合理性與實用價值。我們不以迷信視之，而是將從科學實證出發，揭示風水在現代社會中的實際意義，並強調在房產選擇過程中，應充分考量風水布局的重要性。

風水與房地產價值

香港城市大學的譚志明教授於1999年發表了一篇具有權威性的學術論文，論文中他匯聚了中國眾多樓盤的價格數據進行深入分析，指出風水對於房地產價值的影響不容小覷。重慶大學管理科學與房地產學院的劉貴文院長於2019年精準揭示，風水佳的房產價格較普通住宅有顯著溢價，其價值竟可高出一成五。

當代年輕人在置業時，往往忽略了風水學的重要性。作為一名持有香港地產營業員資格的專家，我建議年輕買家在選擇樓房前應先自行考察，挑選出兩到三個合適的選擇。隨後，可聘請一位風水師在同一天內對這些物業進行評估，以確保所選樓盤的風水適宜。由於風水師的服務費用不菲，通常數小時的咨詢就需支付過萬港元，因此在聘請前應該謹慎考慮到所需時間，以免浪費金錢。風水師在選擇樓盤時，會綜合考慮多種因素來評估其風水價值。首先，他們會觀察地理環境，如山脈的走向、水流的方向、以及周圍的自然景觀，這些都被認為能影響氣流和能量的流動。其次，風水師會考慮建築物的朝向，確保它能夠接收到適量的陽光和新鮮空氣，從而為居住者帶來好運和健康。此外，風水師還會檢查樓盤的內部布局，包括房間的位置、門窗的開合方向、以及家具的擺放，這些細節被認為能夠影響家庭成員的和諧與財運。風水師也會根據五行(金、木、水、火、土)原理來評估樓盤的吉凶，並提供相應的調整建議。

傳統的「拜四角」儀式

最後特別強調，傳統的「拜四角」儀式不容忽視，它是家宅安寧的基石。

當筆者搬入新居時，未曾舉行傳統的「拜四角」儀式，導致家中風水不佳。後來在元清閣進行扶乩，得知需要得到土地公的原諒。大仙給予了一封轉介信（符），以便向土地公請求寬恕。隨後，筆者又諮詢了奇門循甲師傅，結果驚人地一致，都指出筆者之前未能恭敬土地神。這段經歷讓筆者深刻體會到傳統習俗的重要性，也見證了玄學的力量。

乩文	大仙靈籤
■ 事困擾甚煩憂 ■ 開運歲龍一變 求化扭轉逆中起 大符內貼上一鎮 朔望一符土地施 一符七色洒家宅 五竹立西扭一順 文昌九 ■ 座正南 一求觀音扶一轉 四六簽運天炉一	第四十六靈籤：左慈戲曹操 求籤吉凶：下下靈籤 算命籤詩：黃柑數盒獻曹公 剖看原來肉盡空 怒動奸雄揮鐵斧 奔忙身入萬羊中 流年：不是好時年，勿被表面的好處所欺騙。 家庭：家運尚算平穩，只是不宜在家聚賭。懷孕者宜多加小心 風水：靈籤暗示妄動恐犯煞。 自身：修善可消。

大仙不僅親授風水陣的奧秘，更慷慨地撰寫轉介信（符），爲我牽線搭橋，以求得土地公與觀音娘娘的庇佑。這份恩德，使我深感謝意。

編者按：拜四角事宜，可參考前文「1.5.新屋入伙必做：拜四角宜忌和須知」及「1.6.沒拜四角的後果：不能趕走的黑令旗」。

5.9.
精神成長之路：
算命幫你克服困難，提高自我價值感

紐約已故牧師Reverend Doctor David Haxton Carswell Read, B.D. D.D.在1977年曾經明確指出，儘管《聖經》確實承認占星術和通靈術的存在，但只要對神抱有堅定的信念，便無需求助於算命之術。然而，筆者對此表示歉意，因爲他更傾向於掌握自己的生命走向，因此選擇了求助於算命。

法國Sorbonne Université的已故學者François Chenet在1985年曾深入探討過算命的重要性，他認爲，算命的價值並不僅僅在於預知未來，更重要的是能夠揭示前世的業力。

乩文	黃大仙靈簽
■ ■ 小女意外纏 ■ 處■ 常難化困 無須擔心日可成 必可進入願心儀 能可入讀必成器 化解劫運已避行 求卜大仙扶應化 元寶三袋化冤親 好望合家平安轉 八三靈簽天炉一	第八十三靈簽：赤松子招隱 求簽吉凶：中平靈簽 算命簽詩：凡塵身歷幾時閒 世事渾如疊疊山 既富尙憂無貴子 不知花放又花殘 家庭：家中本已平穩，不把主觀願望強加別人頭上，將更和諧。 健康：天掉下來當被蓋，要克服情緒緊張。

業力的影響與因果報應

今年，筆者之女不幸遭逢意外，一場跌倒竟致使手術費用高達數十萬港幣，令人扼腕嘆息。於是，筆者尋訪元清閣，透過扶乩之術探詢隱匿於幽冥之事，豈料得知，此番災厄竟與女兒往生時累積之業力相關，實爲因果循環、報應不爽之驗證。原來我家小女不愼跌倒竟是前世業力的牽引！

祖先的庇護與通靈之術的驚人之處

後來我拜訪元辰宮，師傅告之女兒在跌倒之際，得到了歷代祖先的庇護，僅僅在眼角附近留下了傷痕，否則的話，恐怕會直接傷及眼睛。當我與師傅見面時，我並未透露女兒受傷的具體部位，然而師傅卻能夠如神明般洞察一切，這種通靈之術實在是令人驚嘆。

學府選擇與大仙的神通

另外，大仙在乩文中預示我家小女子無論就讀何所學府皆能成功，於是我在選擇幼稚園時，特別鎖定了位於香港九龍塘的知名學府。這些名校在2023年12月已經結束報名，然而筆者在2024年4月遲來的報名，小女子仍然成功獲得入學資格，大仙的神通廣大，實在令人敬畏，百拜不足以表達筆者家宅的感激之情。

性格與命運

第二點要向讀者強調的是，必須深入瞭解自身的性格特質，否則一生將可能充滿厄運。性格決定命運，這是我們都耳熟能詳的道理。只有深入瞭解自我，才能在人生的道路上避免跌宕起伏，走向成功。Minnesota Multiphasic Personality Inventory（MMPI）乃是一種深具影響力的心理評估工具，其主要目的在於對心理疾病和人格特質進行深入的評估與診斷。UW Medical Center的榮譽退休總監Mary Pepping Ph.D., ABPP-CN堅信專業人員應隨身攜帶MMPI手冊，以便在需要進行人格評估的時候能夠隨時應對。筆者有幸一次偶遇香港「一秒算命」的林師傅，他說所有的智者都會在手機中儲存自己的八字作爲參考，隨時可以拿出來爲人解說。結果林師傅以神

速的速度評析了筆者的流月運程，準確無誤，實在是神乎其技。

「天時地利人和」與行事策略

第三，在談及行事策略時，順應「天時地利人和」乃成事之基。以諸葛亮的北伐為例，其失敗可謂「逆天行事」，顯示了違背自然與時機之不智。

星座與地理區域的影響

土耳其 University of Gaziantep 型男助理教授 brahim Halil Korkmaz 於2019年進行了一項深入的研究，他發現影響大學生學業成就的因素除了包括性別、教育計劃、年齡範疇和班級等四個主要因素外，學生們來自的地理區域和他們的星座也是一個關鍵的決定因素。

美國Sydney Omarr在其事業巔峰時期，每天都有兩百份報紙刊登他的星座運勢預測，可謂家喻戶曉、無人不曉。他的逝世對報紙銷量造成了顯著的影響，這不僅證明了他在美國民眾心中的重要地位，也反映了人們對於這些預測的依賴和信任。

選擇吉日的重要性

第四，選擇吉日乃是必不可少的傳統智慧。曲阜師範大學歷史文化學院的姜修憲教授，在2022年鑽研晚清民初孔府莊園中小農土地交易的紀錄，發現選擇「吉日」進行買賣的案例，無論在成交率或是交易後的滿意度上，均顯著高於其他日子。關於吉日與股市的關聯，袁小迪在其碩士論文《吉日兇日對股指收益影響的實證研究》中，發現在吉日股市的成交量和股價往往會高於平常。

法國知名算名家Sothnos Letillier 從Helen Miller Shepard的婚禮日子星盤中，透過占星術精準預言了她未來與慈善事業的不解之緣。這一預測不僅準確無誤，更以大幅版面在《華盛頓郵報》上公諸於世，展現了擇日結婚的重要性及深遠影響力。

黃曆APP的實用性

而我國的崔霞法官，亦在2019年毫不留情地指出，當代年輕人將「520」視為結婚的吉祥日是一種誤解，強調了翻閱傳統黃曆的重要性。選擇吉日，謹慎而行，不容有失。筆者體認到這一點，於是在智能手機中安裝了「黃曆APP」，日復一日，如影隨形地查詢各項事宜的吉兇祥凶。

上述就是筆者對於占星術、人格評估、行事策略以及選擇吉日等議題的深入探討。希望這些見解能對讀者有所啟發，引領大家在人生的道路上走得更加穩健。

編者：讀者可參照前述章節「1.7.冤親債主向香港明星女兒索命討債」及「2.4.元辰宮秘法：神秘風水與運勢的提升」。

5.10.
未來方向指南：
算命幫你掌握人生轉捩點和未來方向

　　自古以來，人生意義的探尋一直是哲學的永恆命題。李居明大師認爲，生命的價值在於「揭牌」——一種對未來的洞察與預測。相對之下，淨空老法師則提倡把握當下，趁機脫離六道輪回的無盡循環。然而，筆者對此持有不同見解，認爲我們應該反思前世所許之願，從中尋找生命的眞諦。探尋前世，或許能解開今生之謎。

　　在2000年，埃及Cairo University學者Harb的研究揭示了一個驚人的事實：童年遭受性侵的受害者，在前世中竟與戀童癖有著不可思議的淵源。這項發現使許多人對於探索前世的旅程感到膽戰心驚，擔憂一旦揭開往昔的面紗，可能會遭遇駭人聽聞的畫面，因而望而卻步。然而，在2004年，加拿大 University of Western Ontario 學者 Kellye Woods 進行了一項實驗，邀請了二十四位學子參與前世治療。研究結果顯示，這種治療不僅無害，反而對學生們有著諸多利益。

　　探尋前世之謎的方法繁多。朱城坤碩士在他的論文中深入研究了浙江的三世書，他發現唯有源自巫術的三世書方能洞悉宿命輪迴的奧秘。香港玄學界泰斗詹朗林亦證實，其友人曾翻閱一本字跡若隱若現、似動非動的三世書，驗證了其驚人的準確度。然而，筆者雖耳聞其名，卻未能親訪慈雲山的高人一面。本書匯聚了探尋前世之道的種種智慧，筆者亦在此分享自己穿梭時空的奇異經歷：

本書章節	筆者前世
2.4. 元辰宮秘法：神秘風水與運勢的提升	前世爲了兩個孩子的未來遺棄了妻子；今生，筆者今世同樣擁有兩個女兒。師傅預言筆者在這一世亦可能面臨婚姻的考驗。
2.5. 阿西卡傳統：前世神秘力量改變命運	有一名冤親債主，師傅未有提及詳情。
3.4. 納迪葉的驚人預知：深入探索你的未來	前世的太太爲我耗盡心血，因此今生亦化作我的良伴。筆者昔日身無分文，今朝則立志要金榜題名，以「發達」爲終極追求。
3.6. 前世今生：免費全球第一大師帶你看	筆者是清朝的一名文官，卻因一時的過錯，惹上殺頭之禍。
3.9. 三清靈寶天尊與太子哪吒	大神指在明朝時期，筆者曾是一位文官，今生則在大學潛心研究，這種職業的延續顯示了生命軌跡的一致性。而今生的長女，竟是前世官場朋友之女，曾經作爲契女與筆者有著不解之緣，今生更是化身爲我的女兒

　　占卜實爲科學之體現，絕非迷信之產物。中華台北國立清華大學生命科學暨醫學院生物資訊與結構生物研究所的張筱涵副教授於2020年發表了一篇關於姓名學分析的科學公式的研究，揭示出僅需透過一個人的名字，便能推測出該人的性別與大致年齡。另一方面，於加拿大 Concordia University 獲得

博士學位的 Leona Nikoli 在2023年已嘗試利用AI模型進行占卜，發現占卜背後實則涉及複雜的科學數學公式，而非師傅胡言亂語所能比擬。這兩項研究皆顯示，占卜並非空穴來風，而是有其深厚的科學根基。

印度占星公司Astro Zindagi的首席執行官Neeraj Dhankher明確指出，占星學深深地倚賴兩大純粹科學領域，即天文學與數學。透過天文學家每日對行星與其他天體軌道的精密觀測與數據收集，他們得以研究行星的影響力。因此，占星學無疑是一門科學學科，其學術地位堅如磐石。2004年，印度最高法院更是公開宣佈占星學爲科學，這可說是里程碑式的宣告。法院進一步指示印度的大學應該將占星學納入學科體系，這無疑是對占星學的肯定與推崇。

本書以印度著名占星家Sushil Chaturvedi名言作結：「道路坎坷，即使駕駛名車，旅途亦難以平穩；道路平坦，即便在人生最艱難的日子，也能以最佳的方式度過。」順天命而行則吉，逆天命而爲則兇，當您在人生旅途中遭遇挑戰或困惑時，歡迎您透過電子郵件與筆者聯繫，並請附上本書收據。希望這本書能爲您的人生旅程提供一些啟示與指引。祝您一切順利！

參考文獻

1. Admiranto, A. G. (2016). Pawukon: from incest, calendar, to horoscope. Journal of Physics: Conference Series, 771(1), 012019. IOP Publishing Ltd. https://doi.org/10.1088/1742-6596/771/1/012019
2. Afanasievich, A. A. (2015). The cult of fire in the Evens traditions. In SGEM 2015: Anthropology, Archaeology, History and Philosophy (Vol. 3, pp. 161-170). International Multidisciplinary Scientific Conferences on Social Sciences and Arts.
3. Anamzoya, A. S., & Gariba, J. (2023). Influencing judicial process using black magic: Experiences of court users from the Houses of Chiefs in Ghana. Ghana Social Science Journal, 20(2), 229-245.
4. Ariyabuddhiphongs, V., & Jaiwong, D. (2010). Observance of the Buddhist Five Precepts, Subjective Wealth, and Happiness among Buddhists in Bangkok, Thailand. Archive for the Psychology of Religion-Archiv fur Religionspsychologie, 32(3), 327-344. https://doi.org/10.1163/157361210X533274
5. Azzolini, M. (2021). Are the stars aligned? Matchmaking and astrology in early modern Italy. Isis, 112(4), 766-775.
6. Babkova, M. V. (2022). Women and the Way of Buddha in 19th Maki of Konjaku monogatari-sh. Voprosy Filosofii, (6), 164-172. https://doi.org/10.21146/0042-8744-2022-6-164-175
7. Baheretibeb, Y., Wondimagegn, D., & Law, S. (2021). Holy water and biomedicine: A descriptive study of active collaboration between religious traditional healers and biomedical psychiatry in Ethiopia. BJPsych Open, 7(3), e92. https://doi.org/10.1192/bjo.2021.56
8. Bhandary, Rajeshkrishna Panambur ; Sharma, Podila Satya Venkata Narasimha & Tharoor, Hema (2018). Prediction of Mental Illness using Indian Astrology: Cross-sectional Findings from a Prospective Study. Journal of Scientific Exploration 32 (3).
9. Bhoi, P. (2004). Nomenclature of palm leaf writing ethnography of scribes in puri tehsil. Man in India, 84(3-4), 271-284
10. Bierschenk, T. (2008). the everyday functioning of an African public service: informalization, privatization and corruption in Benin's legal system. Journal of Legal Pluralism, 57, 101-139.
11. Bjerke, A. H., Smestad, B., Eriksen, E., & Rognes, A. (2022). Re-

lationship between birth month and mathematics performance in Norway. Scandinavian Journal of Educational Research, 66(6), 1038-1048. https://doi.org/10.1080/00313831.2021.1958371

12. Blackmore, S. J. (1983). Divination with Tarot cards: An empirical study. Journal of the Society for Psychical Research, 52(794), 97–101.

13. Bones, M., Flood, V., Halaki, M., & Chow, C. -M. (2019). Impact of vegan diets on sleep health: Reproducing a vegan diet from an omnivore diet. Journal of Sleep Research, 28(Supplement1Special IssueSI), Meeting AbstractP125.

14. Buckles, K. S., & Hungerman, D. M. (2013). Season of birth and later outcomes: Old questions, new answers. Review of Economics and Statistics, 95(3), 711-724. doi:10.1162/REST_a_00314.

15. Budur, D. (2011). Romany women and ethnic barriers to institutionalized education: A case study of Brazilian Romany communities in Rio de Janeiro and Sao Paulo. In L. G. Chova, I. C. Torres, & A. L. Martinez (Eds.), INTED2011: 5th International Technology, Education and Development Conference (pp. 885-894).

16. Butrica, J. L. (1993). Propertius' horoscope and a birthdate rejected. Classical Philology, 88(4), i-370. https://doi.org/10.1086/367377

17. Cano, D. M., & Balam, E. R. (2005). Between Heaven and Purgatory: Mayan Conceptions About the Destiny of the Soul. Estudios de Cultura Maya, 26, 137-148.

18. Capobianco, C. (2008). Innovation in radiology: Tarot card reading. Giornale dell'Odontoiatra, 25(10), 6.

19. Capobianco, C. (2008). Innovation in radiology: Tarot card reading [Novità in radiologia: La "taroccografia"]. Giornale dell'Odontoiatra, 25(10), 615.

20. Carlson, S. A double-blind test of astrology. Nature 318, 419–425 (1985).

21. Cervantes, C. L. (2022). The Limitations and Potentials of Tarot Readings in Times of Uncertainty. Diliman Review, 65(2), 113-119.

22. Chavan, D. V. (2007). Vipassana: the Buddha's tool to probe mind and body. Progress in Brain Research, 168, 247-253. https://doi.org/10.1016/S0079-6123(07)68019-4

23. Chenet, F. (1985). Karma and Astrology: An Unrecognized Aspect of Indian Anthropology. International Council for Philosophy and Human Sciences, 33(129). https://doi.org/10.1177/039219218503312906

24. Cheng, C. M., & Chien, I. N. (2012). From Witchcraft to Taoist Spell and Curse. Universitas: Monthly Review of Philosophy and Culture, 39(6), 65-89.

25. Cheong, S. J. (2011). A Study on the Abhisekha Sutra: The Bhai ajyaguru Buddha Faith in Korean Buddhism. International Journal of Buddhist Thought & Culture, 16, 93-104.

26. Clobert, M., Van Cappellen, P., Bourdon, M., & Cohen, A. B. (2016). Good day for Leos: Horoscope's influence on perception, cognitive performances, and creativity. Personality and Individual Differences, 101, 348-355. https://doi.org/10.1016/j.paid.2016.06.032

27. Davies, O. (2015). Magic in common and legal perspectives. In The Cambridge History of Magic and Witchcraft in the West: From Antiquity to the Present (pp. 521–546).

28. DECKER, R., & DUMMETT, M. (2002). A history of the occult tarot, 1870-1970. London: Duckworth.

29. Dhankher, N. (2022, December 23). Is Astrology really fraud? Here's what you need to know! IANS English. New Delhi.

30. Doebler, S., Shuttleworth, I., & Gould, M. (2017). Does the Month of Birth Affect Educational and Health Outcomes? A Population-Based Analysis Using the Northern Ireland Longitudinal Study. Economic and Social Review, 48(3), 281-304.

31. D'Souza, O. (2018, Mar 18). The man who calculates your tomorrow: Vedic astrologer sushil chaturvedi's predictions for high profile personalities from bill clinton to sonia gandhi were true. the man who has drawn over 2 lakh kundalis shares some trade secrets for a better life with ornella D'souza. DNA.Sunday

32. Edmunds, L. H. (2004). Reading tarot cards. Surgical Clinics of North America, 84(1), 323-+. doi:10.1016/S0039-6109(03)00223-8

33. Espesset, G. (2015). A case study on the evolution of Chinese religious symbols from talismanic paraphernalia to Taoist liturgy. Bulletin of the School of Oriental and African Studies, 78(03), 493–514. doi:10.1017/s0041977x15000439

34. Evans, W. (1996). Divining the social order: Class, gender, and magazine astrology columns. Journalism & Mass Communication Quarterly, 73(2), 389-400. https://doi.org/10.1177/107769909607300210
35. Eysenck, H.J., Nias, D.K.B., (1982) .Astrology: Science or superstition. England: Maurice Temple Smith.
36. Faure, G. O. (2023). Negotiating in China: Principles of Justice. International Negotiation: A Journal of Theory and Practice, 28(3), 459-477. https://doi.org/10.1163/15718069-BJA10067
37. Feng, Q., Chen, Y., Teng, J., Wang, L., Cai, Z. Z., Li, M. M., Rein, G., Yang, Q. L., Shao, X. Q., & Bai, X. M. (2023). Information fields of written texts protect cells from oxidative damage and accelerate repair. Explore: The Journal of Science and Healing, 19(2), 223-227. https://doi.org/10.1016/j.explore.2022.08.003
38. Francis, L. J., Williams, E., & Robbins, M. (2008). Church Attendance, Implicit Religion and Belief in Luck: The relationship between conventional religiosity and alternative spirituality among adolescents. Implicit Religion, 11(3), 239-254. https://doi.org/10.1558/imre.v11i3.239
39. Gates, A. (2022). The Line: A New Way of Living with the Wisdom of Your Akashic Records]. Information Science & Library Science, 147(6), 151-152.
40. Gavrilov, L. A., & Gavrilova, N. (2011). Season of Birth and Exceptional Longevity: Comparative Study of American Centenarians, Their Siblings, and Spouses. Journal of Aging Research, 2011(2), 104616. https://doi.org/10.4061/2011/104616
41. Granfield, A. (1999). Tarot card estate planning. Forbes, 164(8), 134.
42. Gresaker, A. K. (2016). 'If your life feels empty, perhaps it's time to find a partner?' Constructions of heterosexual coupledom and femininity through astrological advice in a Norwegian women's magazine. Journal of Gender Studies, 25(5), 517-531. doi:10.1080/09589236.2016.1150159
43. Gundersen, S. (2018). Will God Make Me Rich? An Investigation into the Relationship between Membership in Charismatic Churches, Wealth, and Women's Empowerment in Ghana. Religions, 9(6), Article 195. https://doi.org/10.3390/rel9060195

44. Hamilton-Parker, C. (2015). Messages from the Universe: Seeking the Secrets of Destiny. CreateSpace Independent Publishing Platform.

45. Harb, L. A. (2000). Sexual abuse during childhood: Liberation of trauma through past lives regressions. International Journal of Psychology, 35(3-4), 335.

46. Harrison, M. (2000). From medical astrology to medical astronomy: Sol-lunar and planetary theories of disease in British medicine, c. 1700–1850. The British Journal for the History of Science, 33(1), 25-48. https://doi.org/10.1017/S0007087499003854

47. Hartmann, P., Reuter, M., & Nyborg, H. (2006). The relationship between date of birth and individual differences in personality and general intelligence: A large-scale study. Personality and Individual Differences, 40(7), 1349–1362. https://doi.org/10.1016/j.paid.2005.11.017

48. Helgertz, J., & Scott, K. (2020). The validity of astrological predictions on marriage and divorce: A longitudinal analysis of Swedish register data. Genus, 76(1).

49. Hermann, J. (2012). Christian holy water sites in Ethiopia and AIDS: Tensions between the sacred and profane dynamics. Social Compass, 59(3), 357-366. https://doi.org/10.1177/0037768612449720

50. Ho, S. H., & Chuang, S. T. (2012). The influence of lay theories of Feng Shui on consumers' peace of mind: The role of regulatory fit. Asian Journal of Social Psychology, 15(4), 304-313.

51. Hofer, G. (2004). Tarot Cards: An Investigation of their Benefit as a Tool for Self Reflection [Master's thesis, Concordia University]. Department of Educational Psychology and Leadership Studies.

52. HT Syndication. (2009, October 4). The cards have all the answers. The New Indian Express.

53. https://research.library.fordham.edu/dissertations/AAI10838562

54. Ivanov, M. (2017). Earthenware in private worship. Examples from Serdica. Bulgarsko e-Spisanie za Arkheologiya-Bulgarian e-Journal of Archaeology, 7(2), 245-260.

55. JD Sword (November 2021). "Demoniac: Who Is Roland Doe, the Boy Who Inspired The Exorcist?". Skeptical Inquirer. Vol. 45, no. 6.

56. Kalpagam, U. (2005). 'America Varan' Marriages among Tamil Brahmans: Preferences, Strategies and Outcomes. Indian Journal

of Gender Studies, 12(3), 189-215.

57. KAPLAN, S. R. (1980). The encyclopaedia of tarot. New York: U. S. Games Systems.

58. Kassell, L. (2014). Casebooks in early modern England: Medicine, astrology, and written records. Bulletin of the History of Medicine, 88(4), 595-625. https://doi.org/10.1353/bhm.2014.0066

59. Keenan, J. P., & Keenan, L. K. (2011). I Am / No Self: A Christian Commentary on the Heart Sutra. Peeters.

60. Kent, B. H. M. (2017). Curses in Acts: Hearing the Apostles' Words of Judgment Alongside 'Magical' Spell Texts. Journal for the Study of the New Testament, 39(4), 412-440. doi:10.1177/0142064X17703296

61. Kent, E. F. (2009). What's Written on the Forehead Will Never Fail: Karma, Fate, and Headwriting in Indian Folktales. Asian Ethnology, 68(1), 1-26.

62. Keshin. (2014). 跨次元即時通, 解讀你的靈魂藍圖. 商周出版

63. Kim, D. J. (2019). Divination and its potential futures: Sensation, scripts, and the virtual in South Korean eight-character fortune telling. Material Religion, 15(5), 599–618. https://doi.org/10.1080/17432200.2019.1676623

64. Koenig, H. G. (2012). Religion, spirituality, and health: The research and clinical implications. ISRN Psychiatry, 2012, 278730. doi:10.5402/2012/278730

65. Korkmaz, . H., Özceylan, A., & Özceylan, E. (2019). Investigating the academic success of industrial engineering students in terms of various variables. Procedia Computer Science, 158, 9-18. https://doi.org/10.1016/j.procs.2019.09.022

66. Korkmaz, .H., Özceylan, A. and Özceylan, E. (2019) 'Investigating the academic success of industrial engineering students in terms of various variables', Procedia Computer Science, 158, pp. 9–18. doi:10.1016/j.procs.2019.09.022.

67. Lemay, H. R. (1984). Guido Bonatti: Astrology, Society and Marriage in Thirteenth-Century Italy. The Journal of Popular Culture, 17(4), 79–90. doi:10.1111/j.0022-3840.1984.1704_79.x

68. Letillier, S. (1913, February 2). What the Stars Predict for Helen Gould Wife Mother Widow: Marital Destiny of America's Most Interesting Heiress as Astrology Pictures It from the Horoscopes of Herself, Her Husband and Her Wedding Day. The Washington

Post (1877-1922); Washington, D.C., MT4.

69. Li, J., Guo, J. M., Hu, N., & Tang, K. (2021). Do corporate managers believe in luck? Evidence of the Chinese zodiac effect. International Review of Financial Analysis, 77, 101861. https://doi.org/10.1016/j.irfa.2021.101861

70. Lin, F. S. (2005). Healers or patients: The shamans' roles and images in Taiwan. Bulletin of the Institute of History and Philology Academia Sinica, 76(3), 511-568.

71. Liu, G. W., Wang, X. Z., Gu, J. P., Liu, Y., & Zhou, T. (2019). Temporal and spatial effects of a 'Shan Shui' landscape on housing price: A case study of Chongqing, China. Habitat International, 94. https://doi.org/10.1016/j.habitatint.2019.102068

72. Loriga, S. (1983). A curse to kill the king - Spells, magic and protections in 18th-century Piedmont. Quaderni Storici, 18(2), 529-552.

73. Luckham, R. (1976). The economic base of private law practice, In. W. C. Ekow Daniels, & G. R. Woodman (Eds.), Essays in Ghanaian law: 1876-1976 (pp 177-220).

74. Maya Yang (2021-12-20). "Boy whose case inspired The Exorcist is named by US magazine". The Guardian.

75. McCusker, B., & Sutherland, C. (1991). Probability and the psyche: I. A reproducible experiment using Tarot, and the theory of probability. Journal of the Society for Psychical Research, 57(822), 344–353

76. Mehryar, A. H., Naghavi, M., Ahmad-Nia, S., & Kazemipour, S. (2008). Vital horoscope: Longitudinal data collection in the Iranian primary health care system. Asia-Pacific Population Journal, 23(3), 55-74.

77. Miller, L., (2017). Japanese Tarot Cards. ASIANetwork Exchange: A Journal for Asian Studies in the Liberal Arts, 24(1), pp.1–28. DOI: http://doi.org/10.16995/ane.244

78. Morgan, H., Collins, H., Moore, S., & Eley, C. (2022). Written in the stars: Did your specialty choose you? Postgraduate Medical Journal, 98(1157), 205-211.

79. Motlagh, M. E., Safari, R., Karami, M., & Khosravi, A. (2012). Life expectancy at birth in rural areas based on corrected data of the Iranian Vital Horoscope. Iranian Journal of Public Health, 41(9),

18-24.

80. Mudiyanse, R. M. (2009). Thalassemia treatment and prevention in Uva Province, Sri Lanka: A public opinion survey. Proceedings of the 15th International Conference on Thalassemia & Hemoglobinopathies, 275-289.

81. Muscolino, G. (2015). Porphyry and Black Magic. International Journal of the Platonic Tradition, 9(2), 146-158. https://doi.org/10.1163/18725473-12341313

82. Naik, S. (2012). Roots of Naadi Astrology: A Comprehensive Study. SAGAR Publication.

83. Nanny, M. (1981). "Cards are queer": A new reading of the tarot in The Waste Land. English Studies, 62(4), 335–347. doi:10.1080/00138388108598124

84. Narlikar, J. V., Kunte, S., Dabholkar, N., & Ghatpande, P. (2009). A statistical test of astrology. Current Science, 96(5), 641-643.

85. Nikolic, L. (2023). An astrological genealogy of artificial intelligence: From 'pseudo-sciences' of divination to sciences of prediction. European Journal of Cultural Studies, 26(2), 131-146. doi:10.1177/13675494231164874

86. O'Donoghue, K. (2023). The Curious Absence of the Satan and Spiritual Warfare in Christian Higher Education. Christian Higher Education. https://doi.org/10.1080/15363759.2023.2194856

87. O'Leary, J. S. (2008). Knowing the Heart Sutra by Heart. Religion and the Arts, 12(1-3), 356-370. Special Issue. https://doi.org/10.1163/156852908X271132

88. Olbert, Charles Mason, "Divination Practices: An Empirical Psychological Investigation" (2018). ETD Collection for Fordham University. AAI10838562.

89. Opasnick, Mark. "The Cold Hard Facts Behind the Story that Inspired "The Exorcist"". Strange Magazine #20.

90. Peña, P. A. (2017). Creating winners and losers: Date of birth, relative age in school, and outcomes in childhood and adulthood. Economics of Education Review, 56, 152-176. doi:10.1016/j.econedurev.2016.12.001.

91. Pepping, M. (2015). The Value and Use of the MMPI1 in Neuropsychological Practice. In Successful Private Practice in Neuropsychology and Neuro-Rehabilitation (Second Edition) (pp.

175-196). Practical Resources for the Mental Health Professional. https://doi.org/10.1016/B978-0-12-800258-2.00015-3

92. Pontes, N., & Williams, L.K. (2021). Feeling red lucky? The interplay between color and luck in gambling settings. Psychology & Marketing, 38(1), 43-55.

93. Pykhtin, A., Zarubina, N., & Ovchinkin, O. (2016). Analysis of dependence between date of birth and preferences of entrants in choosing a speciality at university. In SGEM (Ed.), Ecology, Economics, Education and Legislation Conference Proceedings, SGEM 2016, Vol III (pp. 741-746). Clarivate.

94. Räikkä, J., & Ritola, J. (2020). Philosophy and conspiracy theories. In P. Knight & M. Butter (Eds.), Routledge handbook of conspiracy theories (pp. 56–66). London, UK: Routledge.

95. Ramachandran, R. (2001). UGC's role in introducing astrology courses in Indian Universities. Current Science, 80(12), 1475-1475.

96. Rao, R. G. (2014). Your Destiny in Thumb: Indian System of Thumb Reading with 200 Illustrations. Ranjan Publications.

97. Read, D. H. C. (1977). Fifth Sunday After Trinity: Who Needs Horoscopes? The Expository Times, 80(9). https://doi.org/10.1177/001452466908000910

98. Rivera, H. S. F. (2012). Measuring the Therapeutic Effects of Past-Life Regression. The Journal of Regression Therapy, 21, 13-28.

99. ROE, C. A. (1996). Clients' influence in the selection of elements of a psychic reading. Journal of Parapsychology, 60, 43-70.

100. Rusche, H. (1979). A Reading of John Milton's Horoscope. Milton Quarterly, 13(1), 6–11. doi:10.1111/j.1094-348x.1979.tb00076.x

101. Schlieter, J. (2013). Checking the heavenly 'bank account of karma': cognitive metaphors for karma in Western perception and early Theravada Buddhism. Religion, 43(4), 463-486. doi:10.1080/0048721X.2013.765630

102. Schueppert, R. (1950). A healer and his horoscope before the courts. Münchener medizinische Wochenschrift, 101, 2177–2178.

103. Sharma, I., & Singh, V. (2019). Medical or religious horoscope, which is more relevant? Indian Journal of Psychiatry, 61(Supplement 3), S448. Abstract W27.

104. Sheela, J., & Audinarayana, N. (2003). Mate selection and female

age at marriage: A micro level investigation in Tamil Nadu, India. Journal of Comparative Family Studies, 34(4), 497-+.

105.Shetty, S. S., & Shetty, P. (2018). Tumour horoscope in young adults. Oral Oncology. doi:10.1016/j.oraloncology.2018.12.016 10.1016/j.oraloncology.2018.12.016

106.Sinnott, M. (2014). Baby Ghosts: Child Spirits and Contemporary Conceptions of Childhood in Thailand. TRaNS: Trans-Regional and -National Studies of Southeast Asia, 2(Special Issue 2: Asia(ns) on the Move), 293-317. https://doi.org/10.1017/trn.2014.8

107.Smilansky, S., & Räikkä, J. (2020). Black magic and respecting persons-Some perplexities. Ratio, 33(3), 173-183. https://doi.org/10.1111/rati.12282

108.Snyder, C.R. (1974). Why horoscopes are true: Effects of specificity on acceptance of astrological interpretations. Journal of Clinical Psychology, 30(4), 577-580. https://doi.org/10.1002/1097-4679(197410)30:4<577::AID-JCLP2270300434>3.0.CO;2-8

109.Stuever, H. (2003, January 4). A Life Among the Stars: Sydney Omarr Guided Many With His Horoscopes and So Shaped His Own Destiny. The Washington Post (1974-); Washington, D.C., C1-C2.

110.Tam, C. M., Tso, T. Y. N., & Lam, K. C. (1999). Feng Shui and its impacts on land and property developments. Journal of Urban Planning and Development, 125(4).

111.Tandoc, E. C., & Ferrucci, P. (2014). So says the stars: A textual analysis of Glamour, Essence and Teen Vogue horoscopes. Women's Studies International Forum, 45, 34-41.

112.Toman, W. (1970). Never mind your horoscope - Birth order rules all. Psychology Today, 4(7), 45+.

113.Tyson, G. A. (1984). An empirical test of the astrological theory of personality. Personality and Individual Differences, 5(2), 247-250.

114.University of Ghana, Legon: A Faculty of Law Publication.

115.Videras, J. (2006). Luck and giving. Applied Economics Letters, 13(12), 953-956.

116.Vyas, K. (2024, Mar 08). An informative guide to the ancient nadi shastra. Free Press Journal,

117.Walsch, Neale Donald. (1997). Conversations with God: Book 1 an uncommon dialogue . London: Hodder & Stoughton.

118. Weimann, G. (1982). The prophecy that never fails: On the uses and gratifications of horoscope reading. Sociological Inquiry, 52(4), 274-290. https://doi.org/10.1111/j.1475-682X.1982.tb01255.x
119. WILLIS, T. (1988). Magick and the tarot. Wellingborough, UK: Aquarian.
120. Winthrop, K. L., Varley, C. D., Sullivan, A., & Hopkins, R. S. (2012). Happy Buddha? Clinical Infectious Diseases, 54(11), 1628.
121. Wolf, F. A. (2016). Is the Mind/Soul a Platonic Akashic Tachyonic Holographic Quantum Field? Cosmos and History: The Journal of Natural and Social Philosophy, 12(2).
122. Woods, K., & Baru s, I. (2004). Experimental Test of Possible Psychological Benefits of Past-Life Regression. Journal of Scientific Exploration, 18(4), 597-608.
123. Yang, X., Nah, F. F., & Lin, F. (2023). A review on the effects of chanting and solfeggio frequencies on well-being. In HCI International 2023 – Late Breaking Papers (pp. 628-639).
124. Yarim, M. A., & Cemaloglu, N. (2023). The effect of date of birth on success: Proposing a model for primary schools in the context of the Matthew Effect. Reading & Writing Quarterly, 39(5), 368-389. https://doi.org/10.1080/10573569.2022.2119454
125. Zhou, L. (2023). How Did Bhik u ī Meet Indian Astrology? Viewing the Buddhist Narration and Logic from the Story of the Māta ga Girl. Religions, 14(5), 657. https://doi.org/10.3390/rel14050657
126. 丁仁傑. (2012). 災難的降臨與禳除：地方性社區脈絡中的改運與煮油淨宅，保安村的例子. 臺灣宗教研究, 11(1), 53-88.
127. 生. (1921年10月21日). 蠢得可憐的老頭子, 明知藥纔能治病 偏要嗑臭泥水.《晨报》.
128. 方柏舜 (2010) 台灣大悲咒水法門之研究—以功德山中華國際大悲咒水功德會爲中心。長榮大學台灣研究所社會及行爲科學學門區域研究學類學術論文，252頁
129. 呆. (1926年2月1日). 借陰債.《时事新报（上海）》, 第0011页
130. 毛帝勝.(2021).六壬仙師原型初探—以傳教師記憶、法本、經籙與神牌爲核心.《宗教哲學》, 98, 49-67. https://doi.org/10.6309/JORP.202112_(98).0003
131. 王琛發.(2016).南洋金英教符咒的護身、醫療與社會功能. 惠州學院學報 (01),1-9. doi:10.16778/j.cnki.1671-5934.2016.01.001.

132. 冉景中.(2018).大六壬的古天文學原理及哲學意義研究(博士學位論文,中國社會科學院研究生院).
133. 朱城坤.(2022).農村巫術流變之研究(碩士學位論文,長春工業大學).
134. 老子威 (1995).八字算命不可信. 湖南農業(10),12. doi:CNKI:SUN:HUYE.0.1995-10-034.
135. 何丞斌 (2017) 符咒對於日夜身心簡律之舒壓研究。建國科技大學電子工程系暨研究所工程學門電資工程學類學術論文,39頁
136. 吳宗海.(1994).略論《三國演義》中的術數.鎮江師專學報(社會科學版)(04). doi:10.13316/j.cnki.jhem.1994.04.001.
137. 吳進安 (2024)。《臺灣五術界對於《易經》應用之理論與實踐》。哲學與文化,51(1),頁19-33。
138. 呂洪奎.(2004).八字算命術解析.科學與無神論(01),56-57. oi:CNKI:SUN:KXWS.0.2004-01-028.
139. 李剛.(2006).太歲大將軍的生命意義. 宗教學研究(02),47-51. doi:CNKI:SUN:ZJYJ.0.2006-02-008.
140. 李煜 & 吳家麟.(2011).擇偶中的生肖匹配——基於層疊拓撲模型的實證研究. 青年研究(06),25-32+92. doi:CNKI:SUN:QNYJ.0.2011-06-004.
141. 李憲彰 (2006) 道教咒語與佛教咒語之比較析探。花蓮教育大學民間文學研究集刊,1,21-42
142. 李豐楙 (2019)監護之眼–《西遊記》中在佛、道護法下的過關。《漢學研究》,37:4=99,115-158。
143. 李懿晨(2006).有趣的生肖婚配禁忌歌謠. 創業者(06),17. doi:CNKI:SUN:CYZE.0.2006-06-014.
144. 沈美鈴(2015) 誦持佛教經咒對心率變異度與經絡能量關係之研究。中國醫藥大學中西醫結合研究所碩士班醫藥衛生學門醫學學類學術論文,61頁。
145. 林光明(1998) 改變命運的「準提咒」。《人生》,181,38-41。
146. 林瑞祥 (2017) 符咒對於壓力舒緩之研究。建國科技大學電子工程系暨研究所工程學門電資工程學類學術論文,33頁。
147. 林麗紅. (2012). 詢求神明的旨意–以廣德堂為例兼論大灣地區關八抬儀式. 崑山科技大學人文暨社會科學學報, 4, 99-125.
148. 芮朝義 (2016) 大悲咒對喪親的音療效應–悲傷調適之歷程與生命意義之探索。玄奘大學宗教與文化學系碩士班人文學門宗教學類學術論文。
149. 春. (1922年6月24日). 飲聖水立登仙界, 死了一位迷信家.《京報》, 第0005頁.
150. 姚玉霜. (2010). 大學生之宗教信仰行為之研究–以佛光大學之學生為例 [Religious Trends among University Students: Compare and Con-

trast between a National University and a Buddhist University].《華人前瞻研究》, 6(2), 1-96. https://doi.org/10.6428/JCTF.201011.0001

151. 姜修憲.(2022).何為"吉日":晚清民初孔府莊園小農土地買賣的時機選擇. 湖北大學學報(哲學社會科學版)(04),67-76. doi:10.13793/j.cnki.42-1020/c.2022.04.017.

152. 封正耀.(1996).逆(反)對策問題與「奇門遁甲」預測理論(術).經濟數學 (01). doi:CNKI:SUN:JJSX.0.1996-01-011.

153. 段振離.(2004).婚姻有生肖禁忌嗎?. 農村百事通(23),56. doi:10.19433/j.cnki.1006-9119.2004.23.046.

154. 胡瑞月. (2012). 法然之計數念佛思想裡的日常性初探 [The Dailiness in Honen's Quantitative Buddha-Chanting].《新世紀宗教研究》, 11(2), 113-140.

155. 胥志強.(2006).擇日：時間與生命形式(碩士學位論文,山東大學).

156. 韋千里. (1938, 3月22日). 演六壬課. 大美晚報晨刊.

157. 倪瑞宏. (2021). 冤親債主產業鏈：一些去新莊地藏庵拜拜的週邊. 鹽分地帶文學, 93, 60-63.

158. 唐希鵬.(2008).論術數對社會生活的模擬——以六壬為例. 中華文化論壇 (01),113-116. doi:CNKI:SUN:ZHWL.0.2008-01-021.

159. 孫素芬. (2012). 會計師事務所開業時間與財務績效之關聯性－中國擇吉行為之觀點. 淡江大學會計學系碩士在職專班學位論文, 碩士.

160. 孫濤,逯苗苗 & 張衛國.(2018).生肖偏好的經濟解釋和現實影響. 經濟學動態(03),115-125. doi:CNKI:SUN:JJXD.0.2018-03-010.

161. 徐坤.(2008).中國將在華爾街風暴中崛起 奇門遁甲解讀中國與華爾街風暴. 當代經理人(11),125. doi:CNKI:SUN:JJLW.0.2008-11-055.

162. 悟覺妙天禪師. (2008). 如何念佛 才能解脫心業.《禪天下》, 79, 16-17. https://doi.org/10.30113/ZC.200811.0002

163. 袁小迪.(2012).吉日兇日對股指收益影響的實證研究(碩士學位論文,東北財經大學).

164. 崔霞.有情何必非吉日[J].人民司法,2019(09):56.DOI:10.19684/j.cnki.1002-4603.2019.09.024.

165. 張福慧&陳于柱.(2022).敦煌藏文寫本P.3288V(1)《沐浴洗頭擇吉日法》的歷史學研究.中國藏學(04),84-89+213-214.doi:CNKI:SUN:CTRC.0.2022-04-008.

166. 梁健倫(2016)。探討腦波資訊回饋對民眾求籤態度的影響。碩士論文，國立暨南國際大學資訊管理學系。

167. 許仲南(2016)。論術數學於九宮之發揮－以遁甲、相宅為例。興大中文學報，(40)，131-156。

168. 陳昱珍 (1998)《西遊記》中法術之變形–以孫悟空之七十二變爲考察。大仁學報，16，153-169

169. 陳進國.(2002).安鎮符咒的利用與風水信仰的輻射——以福建爲中心的探討.世界宗教研究(04),105-120.doi:CNKI:SUN:WORL.0.2002-04-014.

170. 陳麗君(2009) 佛號與咒語對末期病患靈性照護之應用。佛光大學宗教學系

171. 陶樂維&陸灝.(2016).《千金方》對符咒的運用及其心理學內涵. 中國中醫基礎醫學雜志(12),1641-1642+1669. doi:10.19945/j.cnki.issn.1006-3250.2016.12.023.

172. 陸群.(2019).清代苗族巴岱手抄符本中的鬼符釋義. 宗教學研究(04),188-194. doi:CNKI:SUN:ZJYJ.0.2019-04-028.

173. 麥敏銳, & 蘇廷弼. (2011). 建築環境的風水科學—基礎理論與案例分析. 香港城市大學出版社.

174. 游六玄. (2012). 道教開光點眼儀式研究. 玄奘大學宗教學系碩士班.

175. 湯公亮。(1922年5月7日)。小玉茗堂筆記 — 奇門遁甲。小時報。

176. 程佩,沈秋蓮,史周薇 & 胡素敏.(2023).從生辰八字看臟腑疾病——大數據時代命理健康研究. 中國中醫藥現代遠程教育(06),157-160. doi:CNKI:SUN:ZZYY.0.2023-06-056.

177. 黃四明. (2019). 四明老師願心志業—一位初入佛門者的改運心得.《生命》, 14, 4-9. https://doi.org/10.6917/LIFE.201903_(14).0001

178. 溫茂興.(2006).論道教"祝由符咒"的實用價值及其對中醫"意療"的影響. 南京中醫藥大學學報(社會科學版)(02),71-73. doi:CNKI:SUN:NJZD.0.2006-02-002.

179. 葉佳仁. (2023). 關聖帝君神像開光與安座之研究. 玄奘大學宗教與文化學系碩士班. https://hdl.handle.net/11296/nv3238

180. 劉石林. (2013).《九歌》與汨羅民俗「打倡」. 東海大學圖書館館訊, 145, 66-77.

181. 劉芳妤(2018)。財神信用卡擴增實境行銷模式之研究：以新北市某財神廟爲例。碩士論文，國立澎湖科技大學行銷與物流管理系服務業經營管理碩士班。64頁。

182. 劉國威(2015)院藏元明時期所造準提咒梵文鏡.《故宮文物月刊》, 385, 48-57.

183. 談玄(1933) 準提咒的研究.《海潮音》, 14:9, 55-60。

184. 鄭玉敏.(2016).傳入與發展—西方星占宮位制在古代中國(碩士學位論文, 中國科學技術大學).

185.鄭丞劭. (2019). 馬可夫決策程序為基礎之阿卡西記錄學習方法及其應用 (碩士論文). 國立虎尾科技大學, 資訊工程系碩士班.

186.黎姵慈. (2020). 越南母道民間信仰中的「請神儀式」：以北部同平聖殿為例. 國立暨南國際大學/人文學院/東南亞學系碩士在職專班/碩士.

187.龍. (1931年12月18日). 六壬之神秘可避免興訟之是非. 小日報.

188.謝孟謙. (2022). 藍靛瑤對道教儀式框架的應用─分析破獄儀式的文本. 華人宗教研究, 19, 113-146. https://doi.org/10.6720/SCR.202201_ (19).0005

189.簡少年(2023)現代生活改運書. 時報出版

190.譚遠發,孫煒紅&周云.(2017).生肖偏好與命運差異──為何"龍年生吉子,羊年忌生子"?.人口學刊(03),32-43.doi:10.16405/j.cnki.1004-129X.2017.03.003.

191.般若法師. (1936年6月9日). 般若法師持大悲咒水治病神醫稱奇.《佛教日報》.

192.丁冀澄. (1934). 大悲咒水愈病记.《佛学半月刊》, (76期).

193.奚嘯伯. (1940). 奚嘯伯進退起伏：信賴紫微斗數.《立言画刊》, (88), 8.

194.차선근 & 박용철.(2017).Eight-Gate Transformation (奇門遁甲) and Kang Jeungsan's Religious World. Studies in Religion(The Journal of the Korean Association for the History of Religions)(3). doi:10.21457/kars.77.3.201712.193.

195.《盛京时报》. (1930年10月1日). 還陰債中途被匪擊傷, 第0005頁.

196.《中信》月刊第442期(中國信徒佈道會)

197.〔清〕程鉽輯·邵彥和先生六壬斷案分編

198.香港各報章及雜誌

199.李居明大師網站及視頻

200.淨空老法師網站及視頻

作者簡介

星巴克的博客

星巴克的博客，目前在香港某知名大學擔任宗教研究員。他在年少時，母親將他契給黃大仙，2015 年他在基督教受洗，並在 2024 年在法性佛堂皈依佛教。近年來，他在工餘時間幫助治療邪病和改善運程，因此撰寫了這本書來分享他的心得。如果您有任何問題，可以透過以下電郵與作者聯繫：mandordorcompany@gmail.com。

天 命 之 軌

驅邪、改運、算命與未來的神秘之門

作者　　：星巴克的博客
出版人　：Nathan Wong
編輯　　：尼頓
設計　　：叉燒飯

出版　　：筆求人工作室有限公司 Seeker Publication Ltd.
地址　　：觀塘偉業街189號金寶工業大廈2樓A15室
電郵　　：penseekerhk@gmail.com
網址　　：www.seekerpublication.com

發行　　：泛華發行代理有限公司
地址　　：香港新界將軍澳工業邨駿昌街七號星島新聞集團大廈
查詢　　：gccd@singtaonewscorp.com

國際書號：978-988-70099-0-0
出版日期：2024年6月
定價　　：港幣128元

筆求人
Seeker Publication

PUBLISHED IN HONG KONG